_____ 드립니다.

_____

_____

어른의 이별

어른의 이별

박동숙 지음

심플라이프

사랑에 대해 생각한 천 일의 기록

매일매일 사랑 이야기를 써야 한다는 건
솔직히 '천형'에 가깝습니다.
그런데 또 생각해보니
라디오 작가라면 결코 벗어날 수 없는 '매일 써야 한다'는
단순한 명제가, 저를 여기까지 끌고 온 것 같습니다.

〈아라비안 나이트〉 속 '셰에라자드'가 생각납니다.
이야기를 만들어내야 내일을 맞을 수 있다는 절박함에
그녀는 천일 동안 왕의 귓가에 이야기를 쏟아냈고,
덕분에 목숨도 구하고 사랑도 얻었습니다.
이야기가 그녀를 구원했습니다.
그런데 구원을 받은 건 그녀만이 아니었죠.
그 천 일의 밤은 배신한 왕비에게 받은 상처 때문에
매일 여자들을 죽이는 방식으로 자신의 고통을 메우던 왕이
천천히 치유되는 시간이기도 했으니까요.

생각해보니 살아가기 위해
매일 밤 사랑 이야기를 써왔던 지난 시간들은
제게도 고마운 회복의 시간이었습니다.
누군가를 사랑했던 시간이 남겨준 좋은 기억을 만지고,
실패로 단정 지었던 시절의 진짜 의미를 찾고,
한때는 후회했던 미련의 가치까지 찾아냈으니까요.

이 책이 누군가에게 그런 이야기가 될 수 있다면 좋겠습니다.
어느 날은 그만 용서하자는 말로,
또 어느 날은 우리 사랑도 제법 괜찮았다는 말로
속삭여줄 수 있기를.
무엇보다, 이제 그만 자신과 화해하게 되기를,
두려워도 다시 사랑을 선택하자는 말을
들려줄 수 있기를 바랍니다.
더 깊고 큰 사랑을 이야기할 수 있었다면 좋았겠지만
제가 아는 사랑은 여기까지입니다.

'산다'와 '쓴다'의 이어짐을 안다는 것,
'산다'와 '사랑한다'의 이어짐을 또 안다는 것이
위안이 되네요.
밤은 아직 길게 남았고,
제게는 더 살고, 사랑하고, 써볼 힘이,
조금 더 남아 있습니다.

긴 시간 함께 걸어준 허윤희 디제이와 꿈음 가족들에게
특별한 감사를 전합니다.

차례

이야기 . 넷

몹시 외로운 날의 다짐

이야기 . 여섯

너도 참 외로웠겠다

이야기·하나

외로움을 그리움으로 오해하고

about parting

나는 뭘 기다린 걸까

이 순간을 내가 얼마나 기다렸는지
아마 짐작도 못할 거야.

"내가 잘못했어."
"우리 다시 시작하자."
꿈에서라도 간절히 듣고 싶었던 말이었지.

그런데 이어지는 고백들을 가만히 듣다가 깨달은 건,
내가 정말 그리워한 게 네가 아니란 사실.
그냥 이런 순간을 원하고 그리워했던 거야.

회복하고 싶은 건
사랑이 아니라 내 자존심,
보고 싶었던 건
네가 아니라 후회하는 네 얼굴이었어.

그래, 우리는 돌아갈 수 없을 것 같아.

네가 잘못했기 때문도,
내 상처가 크기 때문도 아니야.

내 미련의 정체가 그리움이 아니란 걸,
알아버렸기 때문이야.

이제 더 알 길 없이

세상 누구보다 너를 잘 안다고 생각했어.

그런데 헤어질 때가 되어 이제야 깨달아.
실은 아무것도 몰랐음을.

너는 이렇게 많은 화를 품은 사람이었구나,
그렇게 깊은 슬픔을 가진 사람이었구나.

내가 안다고 믿었던 너는 과연 누구였을까?

그런데 너도 나를 몰랐지.

내가 얼마나 약한지,
얼마나 이기적인지….
그래서 너도 지금 놀라는 중이겠지.

모른 채 만나고,
모른 채 사랑하고,
그리고 여전히 모른 채 헤어져.

가장 슬픈 건
우리가 서로에게 끝끝내
모르는 사람으로 남을 거라는 것.
더 알게 될 기회를 영원히 놓치고 말았다는 사실이야.

너무 잘 알아서 힘들어

내가 너를 너무 잘 아는 게
가끔은 힘들 때가 있어.

너의 침묵이 어떤 의미인지,
네가 딴청 부리는 게 무슨 신호인지,
가끔 먼 시선을 보일 때
주로 뭘 생각하는지도….
남들은 몰라도 나는 알지.
우리는 그만큼 오래,
깊이 알아왔으니까.

그래서 단번에 알았어.
그 사람에 대해 말할 때
반짝이는 네 눈빛이 뭘 의미하는지도.

눈빛만 봐도 안다는 게
좋은 것만은 아니었어.
나도 힘들지만
너도 힘들 거야.

너에게도 들키고 싶지 않은 마음이 있을 테니까.

어제는 너무 잘 알아서
절대 헤어질 수 없을 것 같았던 우리.
오늘은 또 너무 잘 알아서
헤어져야 할 것 같은 우리….

외로움을 그리움으로 오해하고

오늘 자꾸 네 생각이 나는 게
네가 너무 그립기 때문인 줄 알았어.

그런데 아닌 것 같아.
그냥 내가 많이 외롭기 때문이지.

너에게 못해준 일,
네가 잘해준 일을 자꾸 떠올리는 게
미련 때문이라 생각했는데…,
아닌 것 같아.
그건 지금 내가 심심하기 때문인가 봐.

만약 내가 카리브해 어느 해변에 누워서,
혹은 남극을 지나는 유람선에 올라서 너를 떠올린다면,
가슴 벅차게 행복한 순간,
사는 게 정말 재밌는 순간에 너를 그리워한다면…
진짜 감정일지도 모르지.

하지만 지금은 아닌 것 같아.

외로움을 그리움으로 오해하고,

무료함이 미련을 만들어내면서,

착각과 진심을 혼동하는 것 같아.

그저 내 괴로움 속에

너와의 기억을 가두고 있을 뿐인 거야.

좋았다고 말하는 이유

헤어질 때 이런 이야기는 절대 안 할 생각이었어.

내가 너를 얼마나 사랑했는지에 관해,
너와 함께여서 얼마나 행복했는지에 관해.

말해봤자 이제는 소용없는 이야기.
알아봤자 오히려 가슴 아픈 이야기일 테니까.

그런데 그걸 빼고 나니 아무 할 말이 없었어.

이별이란 이런 것이구나.
미래에 관해 이야기할 수 없게 되는 것.
오로지 과거 말곤 나눌 게 없게 되는 것.

그래서 결국은 하고 말아.
좋았다, 고마웠다, 행복했다….
수많은 연인들이
마지막에 나누는 말들은
어쩌면 진심이 아닐지도 몰라.

그저 할 말이 없어서 할 수 없이 나누는,
그런 말인지도 몰라.

이제 문을 열고 들어가고 싶어

당신은 내게 '창' 같은 사람.

그런데 나는 이제 '문' 같은 사람을 만나고 싶어.

당신은 바라보기에 참 멋진 사람이었지만,
넘어가기는 힘든 사람.

마음이 원해서 손을 뻗어보고 발을 움직여봐도,
어느 선 이상은 넘어갈 수 없었어.
당신은 창 같은 사람이었으니까.

나는 이제 바라보며 감탄하는 것보다
문을 열고 들어가 풍경의 일부가 되고 싶어.

비록 그 풍경이 여기서 바라보는 것만큼
아름답지 않다 하더라도.

주저 않고 내게로 넘어와 주는 사람,
상대가 넘어가는 걸 겁내지 않는 사람….

이제 그런 사람을 만나고 싶어.

나와 화해하는 시간

사람은 혼자 있어서 외로운 게 아니라
혼자 있지 못해서 외로운 거래.
독일의 어느 작가가 한 말이야.

이 말을 이별에 대입하면 이런 해석이 나와.
우리는 헤어져서 괴로운 게 아니라
헤어지지 못해서 괴로운 거야.

몸은 혼자인데
마음은 혼자임을 거부하고,
몸은 헤어졌는데
마음은 헤어지지 못한 상태.
생각해보니 나를 진짜 힘들게 한 건,
나를 떠난 사람이 아니라
바로 나 자신이었어.

그러니 새로운 사랑보다는
우선 나부터 만나봐야겠어.
혼자가 두려운 내 마음부터 다독여주어야지.

이별은 어쩌면 나와 화해할 수 있는,
고마운 기회인지도 몰라.

알아, 내가 너에게
다 읽어버린 책 같은 존재라는 걸.
더는 재밌는 것도 궁금한 것도 없는 사람이란 걸.

그런데 네가 모르는 게 하나 있어.
다 읽은 책이라도
두 번, 세 번 계속 읽을 때마다
숨은 이야기를 찾을 수 있어.

어쩌면 우리 인생은,
한 사람을 온전히 알기엔 턱없이 짧은지 몰라.

시간을 함께 보내고,
경험을 함께 하면서,
새로운 이야기를 계속 만들어가는 노력…,
그런 걸 사랑이라 부르는 게 아닐까?

꽃이 시드는 건
계절이 바뀐 탓이지
꽃의 문제가 아니야.

그걸 네가 깨닫게 되길 나는 기다릴 거야.
나에게 너는 언제든 다시 읽고 싶은 소중한 책이니까.

제일 바보 같은 말

왜 그런 말을 했을까?

더 좋은 사람 있으면 만나보라는 말,
나 기다리다 나이 들지 말라는 말….

언제든 너를 보내줄 수 있다는 말이
배려라고 착각했어.
확신을 줄 수 없어 미안하다는 말이
진실한 고백일 거라 오해했어.

이제야 알았어.
그건 그저 '나에게 너는 소중하지 않아'라는 말,
나 역시 확신이 없다는 말에 불과했다는 걸.

나조차 속았던 내 마음을 이렇게 알아채고 나니,
더 잡을 수가 없어졌어.
우리 사이가 아무것도 아니라고 등을 떠민 건
분명 나였으니까.

한 가지 배운 것은 있어.
도망칠 구석을 만들어놓는 건
사랑이 아니라는 것.

보통의 연애를

우리는 참 힘들게 사랑을 지켜냈어.

주위의 반대를 무릅쓰고,
각자의 현실을 견뎌내면서.

그래서 갑자기 휘청대는 감정이
더 받아들이기 힘들었나 봐.

어떻게 지켜온 사랑인데
우리가 이러면 안 된다고 생각했으니까.

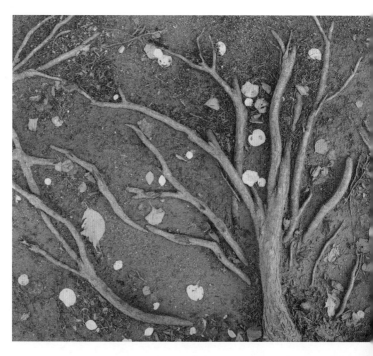

그게 문제였던 거야.
어렵게 여기까지 왔으니
우리 사이에 조금의 틈도 없어야 한다는 기대.

지나친 기대는
금방 실망과 좌절을 부르고 말지.

그래서 지금은
우리가 헤어져야 할 때가 아니라
사랑을 향한 태도를 바꿔야 할 때야.

'대단했다'를 지우고
'힘들었다'를 지운 뒤
그냥 너와 나,
지극히 평범한 남자와 여자로 마주 서는 일.

그리고 해보는 거야.
우리가 한 번도 해보지 못한
보통의 연애를.

자꾸 미안하다고

헤어지고 일 년쯤 지나 그에게서 전화가 왔어.

술에 취하니 생각이 난다고,
그때 모질게 굴어 미안하다고 했지.
나는 화를 냈어.
다신 이렇게 전화하지 말라고도 했던 것 같아.

몇 달 뒤 또 전화가 왔어.
멀리 여행을 왔다고,
멀리 오니 내 생각이 난다고….

그렇게 그는 일 년에 몇 번,
계속 전화를 걸어왔어.
꽃이 폈다고,
꽃이 졌다고,
첫눈이 온다고,
회사를 옮겼다고….
나는 매번 화를 내면서도 매번 전화를 받아.
약간의 술주정,
이제는 의미 없는 사과,
관심 없는 소식들….

그런데 우습지만 위로가 돼.
이 세상 한구석에
이렇게 내게 끝없이 사과하는 누군가가
존재한다는 사실이.

이제 나는 그 사람 때문에 울지 않지만,
그 사람에게 위로를 받아.
세상엔 이런 관계도 있나 봐.

어제의 나를 용서해

'왜 그런 사람을 좋아했을까.'
한 번쯤 이런 생각에 빠지곤 해.

마음은 여기서 멈추지 않아.
그런 사람을 선택한 걸 자책하고,
그런 사람 때문에 힘들어한 것도 후회하지.
결국은 스스로가 미워져서 우리는 오래 방황해.

그땐 이렇게 생각해봐.
그를 사랑한 건 지금의 내가 아니라
과거의 나, 어제의 나였다고.

비록 바보 같았다 해도
그건 모두 어제의 내 모습이니까
그냥 한번 웃고 털어버리면 돼.

내일의 나는 또 어떤 결론을 내릴지 몰라.
그래도 사랑하길 잘했다고 말할지도 몰라.

그러니까 후회와 자책에 오래 사로잡히지 마.
어제의 나를 빨리 용서하는 것이
이별의 고통에서도 빨리 벗어나는 법이야.

헤어질 수 있는 기회를 놓치지 말자

우리, 오 년을 만났지.
힘든 고비들이 참 많았어.
몇 번이나 헤어질 뻔하며 다시 만나고
다시 만나고를 반복하면서,
나는 우리가 참 열심히
사랑을 지켜왔다고 생각했어.

그런데 이제야 이런 생각이 들어.

운 좋게 이별을 피해온 게 아니라,
오히려 헤어질 수 있는 기회를
놓친 것이 아니었을까….
그러니까 이번엔
혼자되는 게 무서워서
결심을 번복하지 말기로 하자.
다시 돌아서지 말고
가던 길을 끝까지 가도록 해.

어쩌면 이번이야말로 우리가
각자 다른 사람과
제대로 된 사랑을 시작해볼
기회가 될지도 모르니까.

벗어나고 싶었던 순간을 떠올리면

좋아하는 드라마가 종반에 이르면
두 가지 마음이 찾아오곤 해.

이 재미있는 이야기가
영원히 끝나지 않기를 바라는 마음,
동시에 어서 끝나서
그만 내 일상으로 돌아가고 싶은 마음.

몰입은 행복하지만
동시에 피곤하기도 하니까,
더 깊이 빠지고 싶은 마음 한편에
그만 헤어 나오고 싶은 마음이
찾아오는 것 같아.

연애도 그랬어.
너무 좋고 행복하지만
그럼에도 한 번씩은 벗어나고 싶은 마음,
혼자 자유롭고 싶고
가끔은 외로움이 그립기도 했어.

헤어지고 난 뒤
힘든 날이 찾아올 때면,
이 생각을 떠올려보곤 해.
'맞아, 가끔은 벗어나고 싶었지….'

이 생각이 이상하게 위로가 됐어.
그래, 내 안의 두 마음을 떠올려보면,
이별이 별건가, 또 깨닫게 돼….

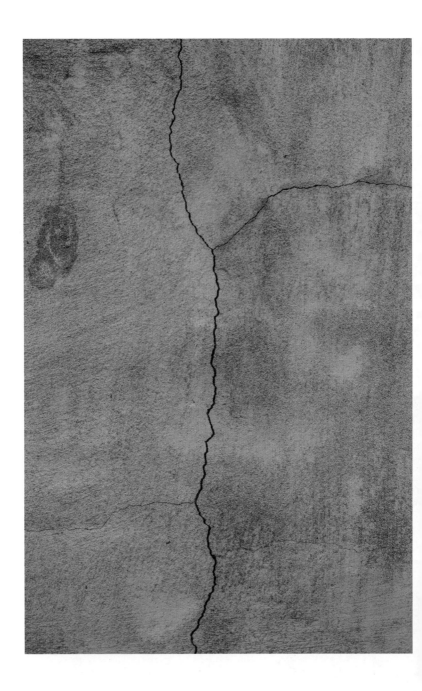

우리가 지나온 자리에는

'우리, 십 년이나 만났는데….'

이별을 앞두고
나를 가장 힘들게 한 건 바로 이 마음.

시간이 아깝다고 생각했던 것 같아.
아니, 진짜 아까운 건 아마 내 마음이었겠지.
그 긴 시간 동안 그에게 쏟아부은
지극했던 내 마음.

그런데 우리가 헤어진다고 해서
그 마음을 잃는 것은 아닐 거야.
고스란히 내 안에 남게 되겠지.

생각해보니 사랑은
반드시 결실로 이어지지 않아도 괜찮은 거였어.
사랑은 우리를 통과해가면서,
우리를 웃게 하고, 울게 하고,
자라게 하는 것이니까.

다정한 기억과 울고 난 뒤의 맑은 눈을 남겨주는 것,
그러니 잃는 것은 아무것도 없을 거야.

사랑은 둘만 아는 노래

너하고 나, 우리만 아는 노래가 있고,
너하고 나, 우리만 아는 이야기가 있지.

우리만 아는
헤어질 수밖에 없었던 사연이 있고,
또 우리만 아는
미워할 수밖에 없는 이유가 있어.

사람들은 자꾸 물어보지만
그걸 어떻게 다 설명할 수 있겠니.
설명한다 해도 이해할 수 있을까?
우리만 아는 사연과 감정들을.

이제 나는 누군가의 이별 소식을 들어도
이유가 궁금하지 않아.
둘만 아는 노래를 부르다
그 노래가 그쳤을 뿐이라 생각해.

남들은 영원히 해석할 수 없는 노래,
그래서 더 의미 있는 노래.

너에게 하고 싶은 말을 메일에 써.

아직도 사랑하고 있다고,
자존심 때문에 전하지 못한 진심을
차고 넘치도록 써.
그리고 보내지 않아.

임시 보관함에 쌓인 편지가
수십 통이 되었지만,
할 말은 한없이 흘러나와.
이 말들이 언제쯤 바닥날지는 가늠하기 어려워.

이제야 알겠어.
진짜 이별은 할 말이 없어져야 찾아온다는 걸.

언젠가는 오겠지.
내 진심도 바닥을 보이는 날이.

그때가 되면
나는 드디어 '안녕' 하고
마지막 인사를 할 수 있을 거야.
그리고 미련 없이
임시 보관함을 비울 수 있겠지.

이별도 결국 삶의 일

더 사랑했기 때문에 더 아픈 거라고 믿었어.

내 고통의 기간이
곧 사랑의 깊이였다고 믿었지.

완전히 틀린 말은 아니었을 거야.
그래도 한 가지 더해야 할 진실은 있어.

더 나약한 사람이라서,
더 의존적인 사람이라서,
그래서 더 힘든지도 모른다는 것.

너 역시 나를 조금만 사랑해서
덜 아팠던 게 아닐 거야.
고통을 다룰 줄 아는 사람이어서
나보다 담담했겠지.
자신을 사랑할 줄 아는 사람이라서
비틀대지 않고 살아냈겠지.

이별도 결국 삶의 영역,
살아내는 힘의 영역이란 걸 깨닫고 나니
이제야 눈물이 멈추네.

제대로 사랑한 거야

about
parting

우리 천천히 익어가기로 해

처음엔 상대의 목소리를 듣는 데 열중하다가,
어느새 서로의 침묵이 편안하게 느껴지는 것.

처음엔 그 사람의 앞모습에 반했다가,
어느새 뒷모습을 오래오래 바라보게 되는 것.

처음엔 그 사람이 가진 것에 마음이 끌렸다가,
어느새 그 사람에게 부족한 것에 마음을 쓰게 되는 것.

처음엔 내가 받은 것에 행복해하다가
어느새 내가 주지 못한 것에 미안해하는 것.

사랑이란 건
'어느새'라는 부사와 함께 익어가는 것 같아.
계절처럼 천천히 깊어지고 그윽해지기 위해선,
꼭 시간이 필요하겠지.

그러니 우리 너무 조바심 내지 말자.
우린 지금이 '처음'이니까.

나의 두 마음

사랑을 시작하면
늘 두 마음이 함께하는 것 같아.
힘든 건 다 숨기고
그저 강한 척하고 싶은 마음과,
너에게 뭐든 털어놓고
마음껏 의지하고 싶은 마음.

멋진 사람이고 싶어서 좋은 척만 하다가,
솔직한 사람이고 싶어서 약한 척하기도 하고,
네가 약해 보일 때 강한 척했다가,
네가 강해 보일 때 약한 척하기도 하지.

왜 한결같지 못할까, 답답하기도 하고
진짜 모습이 뭘까, 의심도 들 거야.
가끔 잘못 판단해서
솔직해야 할 때 강한 척하고,
강해져야 할 때 약한 모습으로
너를 실망시킬지도 몰라.

그래도 이것만은 기억해주렴.

두 가지 모두 내 마음이란 걸.
그때그때 정말 최선을 다해
하나를 선택하고 있다는 것도.

사랑도 감기를 앓아

감기에 걸리면 그래.

익숙했던 물의 온도가
갑자기 차게 느껴지고,
똑같은 방 안 공기도
더 서늘하게 느껴져.

사랑도 감기를 앓을 때가 있어.
늘 듣던 말이 아프게 들리고,
늘 봐왔던 행동에 화가 날 때…,
관계에 바이러스가 침투한 거지.

그럴 땐 사랑도 좀 쉬는 게 좋아.
잠시 거리를 두고 자신을 돌봐야지.
정말 감기에 불과하다면
얼마 안 가 가뿐히 털고 일어날 테니까.
다시 평소처럼 농담이 농담처럼 들리기 시작하겠지.

끝이 아니야, 그저 감기일 뿐.
그러니까 겁내지 말자.
사랑도 아플 수 있다는 걸
인정하기로 하자.

세 번째지 아마, 헤어지자는 말.

그런데 이번엔 진짜인 것 같아.
이어지는 말이 없네.

그전의 두 번은 헤어지자고 해놓고
말이 많았잖아.
왜 싫어졌는지 한참 설명했지.
말하다가 울고,
밉다고 했다가 미안하다고 하고….
역시나 일주일도 못 가 다시 연락이 왔어.

그런데 오늘은 한 마디도 하질 않네.
"왜 아무 말도 안 해?"
"할 말이 없어."

미워서 헤어지는 일은 없다고 해.
원망과 분노는 이별로 이어지지 않는다고 하지.

이별과 짝을 이루는 건 침묵뿐이야.

너의 침묵 앞에서
나는 처음으로 겁이 나.

조금만 더 걸어요

흔한 풍경일 거야.

이런 주말, 도심의 카페 한구석에 앉아서
서로를 적당히 탐색하는 이 모습은.

사랑이면
다 괜찮다고 생각했던 시절도 있었고,
사랑해도 안 되는구나, 좌절했던 시절도 있었어.
지금은 열정도, 절망감조차도 적당히 식어버린 시간.
우리 앞에 놓인 이 커피만큼이나.

그런데 카페를 나와 한참을 걸었을 때,
이제 적당히 인사하고 돌아서야지, 생각하고 있을 때
그가 물어왔어.
"우리, 조금만 더 걸어볼래요?"

그 말에 이끌리듯 발을 떼며 생각했어.
어쩌면 이 사람과 다시 걸어볼 수 있을 것 같다고.

연애가 뭐 별건가?
'적당히' 멀어지려는 순간에 마음을 고쳐먹는 것.
'적당'에서 조금 더 가보겠다고 생각하는 것.

나는 오래오래 아플 거야

칼에 베이는 것보다
종이에 베이는 게 더 아파.

상처도 오래간대.
종이의 단면이 칼보다 무뎌서 거칠기 때문이야.

그래서 이별할 때도,
어차피 헤어질 거라면 칼로 긋듯 날카롭게,
한 번에 끝내는 게 낫다고들 말해.
처음엔 힘들어도
그래야 좀 더 빨리 아물 테니까.

그런데 내 생각은 달라.
거칠고 서툴고,
그래서 더 오래 아프면 뭐 어때.
그렇게 빨리 정리하는 데만 급급하다면
우리는 사랑을 통해 뭘 얻을 수 있을까?

나는 그냥 거칠면 거친 대로,
그래서 오래 걸리면 오래 걸리는 대로,
받아야 할 몫을 다 받고 끝낼 거야.

제대로 아파본 적 없어서 이런다고 생각할지도 몰라.
그래도 쉬운 방법은 택하지 않을래.
최소한 사랑에 관해서만큼은.

침묵이 말해주는 것들

그땐 그 침묵이 참 좋았어.

우리가 처음 연애를 시작했을 때,
가끔 대화를 나누다가
말이 끊길 때가 있었잖아.

할 말이 없어서는 아니었어.
그저 마음이 너무 벅차서
숨을 고르듯 말을 고르던 순간들이었지.

때론 정적 사이로
너의 심장 소리가 들리는 것 같았어.

몇 년이 흘러
지금 우리 사이에 찾아오는 침묵은
완전히 다른 것.

이젠 정말 할 말이 없고 궁금한 것이 없어서,
할 수 없이 선택하는 침묵.

방금도 들은 것 같아.
너의 심장 소리가 아니라
너의 희미한 한숨 소리를.

그래, 침묵은 참 많은 이야기를 담고 있어.
아무렇지 않게 이어지는 대화보다 더 깊은 감정을,
나는 지금 세세히 느끼는 중이야.

사랑에 빠지면

사랑에 빠지면 눈이 먼다고 하지.

생각해보니 이 말만큼
정확한 표현이 있을까 싶어.

사랑에 눈이 멀면
다른 건 아무것도 보이지 않아.
그런데 문제는
사랑하는 그 사람조차도 못 보게 된다는 거야.

보이는 건 오로지 사랑이라는 감정뿐,
그 감정에 취해
정작 사랑하는 당사자자들은 소외되고 말아.

'사랑한다면 이 정돈 해야지.'
'사랑하는데 그것도 못하나?'
실체를 알 수 없는 감정에 매달려,
결국 사람이 아니라 사랑과 사랑에 빠지곤 했어.

사랑해도 늘 외로운 건 그 때문인지도 몰라.
사랑하지만 그 사랑에 정작 '사람'은 없으니까.

너를 잊지 못하는 건

우리는 헤어졌지만 나는 계속 기다리고 있었어.

어느 날 전화벨이 울리고
수화기 너머에서 '미안해' 이 한 마디만 해준다면,
다시 예전으로 돌아갈 수 있을 거라 믿었어.

그런데 아마 그날 하루만 그럴 거야.
간절히 바라던 일이 드디어 이뤄졌으니까.

며칠이 지나면 결국 묻기 시작하겠지.
'너는 나를 잊고도 잘 살았니?'
'어떻게 그렇게 매몰차게 나를 떠날 수 있었니?'

나는 질문을 멈추지 못할 테고,
너는 그걸 감당하지 못해서
다시 떠나고 말 거야.

그래, 내가 너를 기다린 건
사랑해서가 아니라 따져 묻기 위해서였어.
내가 너를 잊지 못하는 건
다시 사랑하기 위해서가 아니라
아직 너를 용서하지 못했기 때문이었어.

시간을 갖자는 말

시간을 좀 갖자는 말과 함께 연락을 끊은 지 이제 석 달.

나는 시간을 갖는다는 게
이런 의미인 줄 알았어.
우리 관계에 대해 많이 생각하고 깊이 고민해서
가장 좋은 답을 찾아내는 일.

그런데 뒤늦게 알았지.
시간을 갖자는 말이 우리의 시간을 멈추자는 의미였단 걸.

이 말을 건네고
너는 맹렬한 속도로 도망치기 시작했다는 걸.

덕분에 너는 석 달 전에 이별했는데
나는 이제야 이별을 해.

석 달의 시간이 우습게 사라졌고
나는 뒤늦게 이별의 고통을 받아 안게 되었지만
후회하지 않을래.

나는 생각이란 걸 했으니까.
치열하게 고민한 시간들이 진짜 내 것이 되었으니까.
덕분에 아마 달라질 수 있겠지.
시간이 하는 일은 그런 것이니까.

사랑이라 착각했어

'나한테 어쩜 이럴 수 있니?'
이별을 말하는 너의 얼굴을 보면서
맨 처음 떠오른 말이었어.

그 뒤로 내내 분하기만 했지.
'내가 어떻게 했는데, 얼마나 잘했는데….'
온통 내가 해준 것들만 생각나서,
이 마음이 나를 계속 공격했어.

그러다 생각해봤어.
너에게 잘해주고 싶었던 마음,
그 마음을 사랑이라 부를 수 있을까?

그냥 내가 만든 마음,
네가 바란 것도, 원한 것도 아닌,
그냥 내 마음이 아니었을까? 하고.

나를 누르며 무조건 참았던 건
아마 사랑이 아니었을 거야.
그래, 자기만족, 자기 위안,
때로는 자기 학대와 괜한 오기…
참 많은 것들을 사랑이라 착각했구나.

그래, 나를 배신한 건 네가 아니야.
내가 착각하고 지어낸
내 감정이었을 뿐이야.

미련도 마음이라서

헤어지지 못하고 그냥 돌아왔어.

이별을 단단히 결심하고 만나러 갔지만,
한 번만 더 기회를 달라고 그가 말했거든.

앞으로 잘하겠다는 말도,
더 이상 마음 아프게 하지 않겠다는 말도,
솔직히 믿기지는 않아.
사람은 그리 쉽게 변하지 않으니까.

그런데 못 이기는 척 돌아서는 나를 보며 눈치 챘지.
'나도 헤어질 자신이 없구나.'

그를 사랑해서가 아니라
그저 헤어지는 고통이 무서워
이별을 유보하고 돌아오는 길에,
앞서 걷는 연인들을 보며 혼잣말을 해봐.
'이별이 무서워 만나는 사람들이 우리만은 아닐 거야…'

그래, 이 마음을 사랑이라 부를 순 없겠지.

그래도 인정해야지.
두려움도 미련이라고,
미련도 마음이라고….

이제야 만나서 다행이야

조금 더 일찍 만났으면 좋았을 거라고
너는 몇 번이나 말했지만,
만약 지금이 아니었다면
나는 너를 알아보지 못했을 거야.

고된 삶에 시달리기 전,
환하게 빛나던 얼굴을
보여주지 못해서 아쉽다고
너는 말하지만,
그때라면 얼굴만 보느라
그 깊은 마음을
알아보지 못했을지 몰라.

밤새 놀아도
끄떡없던 시절에 만났다면
얼마나 재밌게 보냈을까,
너는 말하지만,
그랬다면 기다리는 법을 몰랐을 테고,
이따금 찾아오는 지루한 시간을
참아내지 못했겠지.

긴 시간을 각자 보내고
뒤늦게 만나서 아쉽다고 하지만,
덕분에 서로에게 들려줄 이야기를 만들었고,
무엇보다 서로를 알아보는 눈이 생겼어.

그러니까 지금은 우리를 위한
최선의 타이밍,
지금 만나 우리는 더 행복할 수 있는 거야.

오늘 내가 들은 말

그 사람의 말을 믿지 마.
시작할 때도, 끝날 때도.

그 사람을 믿지 말란 이야기는 아니야.
다만 말이라는 그 가벼운 것을 믿지 마.

사랑한단 말에
모든 믿음을 걸 필요가 없듯이
사랑하지 않는단 말에
모든 절망을 걸 필요도 없어.

우리도 그랬잖아.
얼마나 쉽게 맹세하고
얼마나 쉽게 약속을 저버렸니.

어제 한 말을 오늘 후회하고,
오늘의 다짐이 내일 아무것도 아닌 것이 되었지.
그러니 그가 준 상처의 말들을 너무 오래 담아두지 말아.

이별한 날 나눈 모든 말들을 그냥 흘려보내.

가슴 뛰게 했던 말들이 그러했듯이
가슴 아프게 한 말들도 그렇게.

골목에서 딱지치기하는 아이들을 보고 있어.

딱지치기는 참 단순해.
그대로 있거나 뒤집혀 있거나.

실은 사랑도 딱지처럼 단순한 거였어.
사랑하거나 사랑하지 않거나.

그런데 나는 그 사이에
많은 걸 집어넣으려고 노력했지.

'사랑은 아니라도 싫어하는 건 아니야.'
'사랑하는데 지금은 잠시 식은 거야.'
'노력하면 다시 잘될지도 몰라.'

그런데, 아니었나 봐.
사랑하거나 사랑하지 않거나
이 두 가지뿐, 중간은 없어.
딱지치기에 중간이 없듯이.

우기지 않고
현실을 인정하는 것부터 배워야겠어.
그래야 그 다음에 할 수 있는 게 보일 테니까.

네가 염치없어서 좋아

"나는 능력도 없고, 가진 것도 별로 없는 사람이야.
너는 나보다 훨씬 좋은 사람을 만날 수 있겠지.
멋진 사람이니까."

여기까지 말했을 때,
나는 당연히 다음 말들을 예상할 수 있었어.

그러니까 잡을 수 없다고 하겠지.
더 좋은 사람 만나서
행복하라고 하겠지….

그런데 이어진 말은 내 짐작과 달랐어.

그럼에도 불구하고
포기가 안 된다고 했지.
그래서 염치없지만 붙잡아야겠다고,
미안하지만 사랑한다고 말했어.

이렇게 솔직하고 겸손한 고백은 처음이야.
그리고 너의 염치없는 사랑이,
나를 꽤 감동시킨 것 같아.

'나도 사랑해'라고
이제 막 대답하려는 참이니까.

제대로 사랑한 거야

솔직히 표현해도 괜찮아.

사랑한다고,
보고 싶다고,
마음이 가는 대로 실컷 전해.
아끼는 게 오히려 바보 같은 일이야.

연애는 머리를 쓰는 게임 같은 게 아니잖아.
이기고 지는 건 의미가 없어.
아니 오히려 네게만은 기꺼이 지겠다는 마음,
그게 사랑할 줄 아는 사람의 자세일 거야.

다만, 가끔 멈춰야 할 때를 알아야겠지.
내 속도가 상대에게 부담이 된다면
때론 기다려주는 시간도 필요하니까.

내 마음이 아무리 크고 깊다고 해도,
그 진심이
아무 힘도 발휘하지 못하는 순간이 올 수도 있어.
그땐 돌아서야지.

후회할 리 없어.
나만 손해란 마음이 찾아온다면,
내 마음 역시 진짜가 아니기 때문일 테니까.

그 어떤 결과를 만나더라도 아깝지 않고,
더 주지 못한 것이 후회된다면,
안심해도 좋아.
제대로 사랑했단 의미니까.

자세히 볼 줄 아는 사람

"너 자세히 보니까 예쁘네."
"자세히 안 보면요?"
"자세히 안 보면…, 안 보이지."

어느 영화의 대사였어.
자세히 안 보면
안 예쁜 게 아니라
아예 안 보이는 법이구나,

그때 알았지.
사랑은, 자세히 보려는 마음이야.
자세히 보면 안 예쁜 사람이 없고,
자세히 보면 결국 좋아하지 않을 수 없어.

남들은 모르는 나만의 아름다움을
유일하게 알아봐주는 사람,
사랑하는 사람은 그런 사람이야.
그래서 소중하지.

나를 자세히 봐주는 사람,
내가 예쁘다고 말해줄 사람을
만나고 싶어.

혹시 이미 만난 거라면
인생은 그것만으로 이미 충분하다는 걸,
내가 오래오래 잊지 않았으면 좋겠어.

고백하길 잘했어

유난히 쓸쓸한 날엔 늘 네 생각을 해.

금요일 늦은 퇴근길,
누군가와 술 한 잔,
따뜻한 차 한 잔이라도 하고 싶을 때면
어김없이 생각하지.

그때 고백하지 말걸.
그랬다면 지금 너를 불러낼 수 있을 텐데.

그런데 그랬다면 나는 덜 쓸쓸했을까?
좋아하는 마음을 숨기고 너를 바라보는 것이,
혼자 걷는 것보다 덜 힘들었을까?

그건 또 아니겠지.

그래, 잘한 일이야.
비겁하게 함께인 것보다
솔직하게 혼자인 것을 선택한 건.

그래, 찬바람이 부는 동안
이 말을 계속 되뇌면서,
혼자 씩씩하게 걸어야겠어.

미안하건 하지만

'어차피 이렇게 헤어질 건데 그냥 쉽게 보내줄걸.'

한 번쯤 후회한 적도 있어.
왜 그렇게 오래 기다리고, 많이 울고,
그래서 그 사람도 지치게 만들었을까?

그런데 되돌려 다시 생각해보니
역시 그리 하길 잘했구나, 싶어.
가장 나답게 이별했으니까.
나는 참 미련한 사람이니까.

쉽게 놓아주지 않아서
그는 내가 더 싫어졌을지도 몰라.
하지만 먼 훗날,
불쑥 이런 생각을 하게 될지도 모르지.

'내가 한때 사랑했던 사람이
나를 오래오래 놓지 못했다'고…,
'나 때문에 많이 울고 긴 시간을 기다렸다'고.

그 사실이 힘들고 외로운 날에
작은 위로가 되었으면 좋겠어.

천천히, 조금씩

여전히 울긴 울어.
그래도 울음 끝이 좀 짧아지긴 했어.
물론 생각도 하지.
그래도 전처럼 밤을 새우며 생각하진 않아.

회복기 환자 같은 기분이야.
그리움도, 고통도 약간의 미열로만 남아서,
기운은 없지만 견딜 만은 한 정도….
한숨 잘 자고 나면 괜찮아질 것 같은 정도….

세상의 소식들이 조금씩 들려오고,
텔레비전에도 시선이 가.
맛있는 음식도 생각나고
새로 개봉하는 영화도 궁금해.

이렇게 살아가는구나.
다 살아지는구나.

영원한 사랑이 없듯
영원한 고통도 없다는 것이 위로가 돼.
그렇게 나는 오늘도 그럭저럭 잘 견디고 있어.

그저 내 몫일 뿐

"당신이 떠나면 난 어떻게 해야 해요?"
"솔직히, 내 알 바 아니오."

영화 〈바람과 함께 사라지다〉의 최고 명대사는
"내일은 내일의 태양이 떠오른다"가 아니야.
레트가 스칼렛에게 남긴 이 말이지.

"나는 네가 없으면 안 돼."
울면서 그에게 매달렸을 때
그도 비슷한 말을 했어.
"그건 네 사정이야."

그제야 정신이 번쩍 들었어.
그래, 이건 내 마음이지.

어른이 된다는 건
내 마음에 대한 책임을 내가 온전히 지는 일.
내 감정도, 미련도 다 내 몫일 뿐
그의 알 바도, 그의 사정도 아니야.

마음은 아프지만
냉정한 말은 우리를 성장시키나 봐.

스칼렛은 내일 다시 떠오를 태양을 믿게 되었고,
나도 눈물을 그쳤으니까.

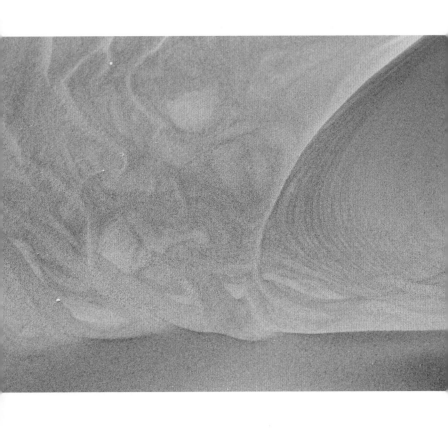

이별을 이야기한 날

사랑하는 사람이 어느 날 이별을 통보해온다면,
일단은 그 마음을 받아줘.

이해할 수 없고 화가 나더라도 이렇게 말해줘.
"나는 헤어지고 싶지 않지만
그래도 너의 마음은 인정할게."

이건 이별을 인정하는 것과는 별개,
기어이 이별을 선택한 그의 마음을 존중하는 것이지.
이 마음에 이르기까지
상대가 걸어온 시간과 고통의 무게를 알아주는 일이야.

그는 크고 무거운 짐을 들고 여기까지 걸어왔을 거야.
그러니 일단은 그 짐부터 받아주어야지.
그것만으로도 그의 마음은 한결 가벼워질 테니까.

오늘의 호의가
이별을 되돌릴 수 있을지 없을지는 장담할 수 없어.

그러나 이것이
이별을 이야기한 첫날 우리가 할 수 있는 일,
슬프지만 분명 유일한 최선일 거야.

지금은 슬픔에 적응하는 시간

내가 안타까워 보이겠지.

그래서 너는 내게 자꾸 나오라고 하고,
잊으라고 하고,
새로운 사람을 만나보라고 하지만,
내 마음은 그래,
아직은 여기 더 머물러야겠어.

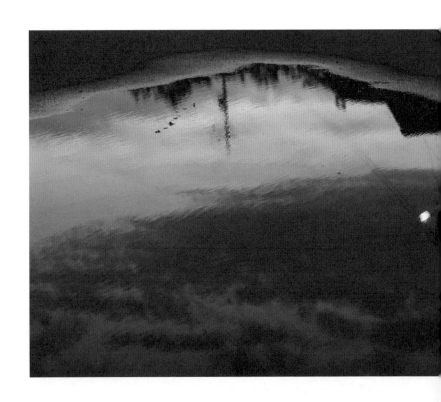

깊은 바다 속에 잠수해 들어간 다이버들이
갑자기 수면 위로 올라오면
압력 차이로 굉장히 위험해진대.
압력의 변화에 적응하기 위해선
아주 천천히 수면 위로 올라와야 한대.

이별도 마찬가지.
얼마 동안은 고통 안에 머무르며
슬픔을 들이마시고 내뱉기를 반복해야 해.

걱정하지 마.
그냥 괴로워하는 시간이 아니니까.
괴로워하면서 멀어지고,
울면서 벗어나는 시간이니까.

진짜 후회가 되는 건

갈까 말까 할 때는 가고,
살까 말까 할 때는 사지 말라고 하던데,
그럼 고백할까 말까 할 때는 어떻게 해야 할까?

과거의 나 같으면 하지 말라고 했을 거야.
여자가 먼저 하는 고백은
실패할 확률이 높으니까.

그런데 지금은 생각이 바뀌었어.
고백하라고 할래.
그래서 결국 망신만 남게 되더라도,
덕분에 서글픈 짝사랑에선 벗어날 수 있을지 모르지.

어느 드라마에서 그러더라.
인간의 역사는 부끄러움의 역사라고.
그러니까 부끄러움을 절대 겁낼 필요가 없다고.

그리고 나는 알거든.
고백했다 거절당한 기억은
큰 후회로 남지 않는다는 걸.
진짜 큰 후회는
고백조차 못해본 마음이란 걸.

큰비가 한번 찾아오면
비가 그쳤다고 모든 게 끝난 게 아니래.

지반이 많이 약해져 있어서
흙더미가 쏟아지거나
축대가 무너지는 일이 많아.

태풍 같고 폭풍우 같은
이별을 겪고 난 직후도 마찬가지야.

죽을 것 같은 고통이 조금 가셨다고 끝이 아니야.
약해진 지반처럼 나약해진 마음이
언제 허물어질지 몰라.

술 마시지 않기,
감기 걸리지 않기,
혼자 있지 않기….
사소한 충격이라도
최선을 다해 피해 가야 해.

언덕이나 축대 아래를 조심조심 지나듯
마음의 뒤꿈치를 들고 천천히 걸어가기….

막 이별한 나에게 내가 건네는 충고.

이제 그 방의 불을 끄고 나오렴

이별이 힘든 이유 중 하나는,
자꾸 원인을 찾기 때문이야.
말로는 잊으려 한다면서
내가 혹은 우리가 뭘 잘못했는지,
끝없이 기억을 헤집고 있지.

정확한 이유를 찾으면 고통이 끝날 거라 생각하겠지만,
아마 끝이 없을걸.
봄날의 황사처럼 이제 끝인가 싶으면 어느새 또 날아와
마음을 자욱하게 덮고 말 거야.

이별을 실패라고 단정하지 마.
이별은 그저 사랑이 끝난 상태일 뿐이야.
한 방에 있던 두 마음이
그 방을 나오며 불을 껐다고 생각해.

진짜 이유는 오랜 시간이 지난 뒤,
살다가 불쑥 깨닫게 되겠지.
그러니 지금은 불 꺼진 방을
가만히 뒤로하고
천천히 걸어 나올 시간이야.

나는 좀 더 울어야겠어

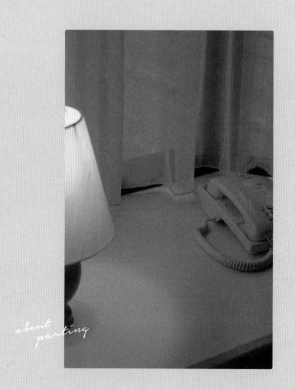

about parting

나한테 세상에서 제일 힘든 일은 전화를 기다리는 일이야.

전화기는 이미 내 몸의 일부가 되었어.
거실로 나갈 때도,
방으로 들어올 때도,
물론 욕실에도 가지고 들어가.

샤워를 하다가 벨소리가 들리는 것 같아서 물을 끄기도 하고,
TV나 라디오 소리는 언제나 작게,
그래놓고도 몇 번씩 눌러보곤 해.
부재중 전화가 와 있을까 봐.
이럼에도 불구하고
내가 먼저 전화하지 않는 이유는,
멀어지고 있는 너의 마음을 눈치 챘기 때문이지.

그럼에도 불구하고
정리하지 못하는 이유는,
혹시 그 마음이 돌아서지 않을까 기대하고 있기 때문이야.

이 미련의 실체가 무엇인지는 잘 모르겠어.
나는 그저 버릇처럼 너의 전화를 기다리고 있을 뿐이야.

이것 말곤 할 수 있는 게 아무것도 없을 뿐이야.

나는 아직 여기 있어

우리가 마지막으로 만났던 곳을
너도 기억할 거야.

작년 이맘때였고,
난방이 부실해서 조금 추웠던 카페의
입구 바로 앞자리였지.

이제 사랑하지 않는다고,
그만 헤어지자는 말을 남기고
너는 그곳을 떠났어.

그 후로 너는 아마
새로운 시간들을 살았을 거야.
새로운 계절을 경험하고
새로운 사람들도 만났겠지.

그런데 나는 아직 그 자리에 남아 있어.
막 네가 떠난 것처럼,
막 문이 닫힌 것처럼,
막막해서 아무것도 할 수 없던 순간이
그대로인 것처럼.

일 년이 지났는데
아직도 그 카페를 벗어나지 못한 내 마음.
이럴 줄 알았다면
좀 더 따뜻한 자리에 앉을 걸 그랬어.
이별의 슬픔에 한기까지 더해,
나는 계속 추운 계절만 반복하고 있으니까.

꼭 해보고 싶은 일

딱 한 가지 못 해본 게 있어.

심장이 터질 것처럼 행복한 사랑도 해봤고,
내가 사라질 것 같은 아픈 이별도 경험해봤는데,
유일하게 못 해본 한 가지.

그건 헤어지지 않고 오래오래 만나는 일이야.

돌아볼 때마다
한결같이 그 자리에 있는 사람과
긴 시간을 함께하는 일이야.

아무리 많은 사랑을 경험해본 사람도
이건 평생에 딱 한 번밖에 해볼 수 없는 사랑,
그래서 어쩌면 가장 하기 힘든 사랑일 거야.

그러니 지금 묵묵히 곁에 있는 사람의 가치를
알아주기 바라.

여기까지 올 수 있었던 게 얼마나 큰 기적이었는지를,
잊지 말았으면 해.

미련을 거두게 한 대답

전화를 걸어봤어.
몇 번이나 망설이고,
번호를 누르다 그만둔 것도 서너 번.
심호흡을 하고
간신히 통화 버튼을 눌렀지.

그런데 예상치 못한 대답,
지금 거신 번호는 결번이라고 하네.

우리가 지금은 비록 헤어져도
지구와 달의 인연처럼
언제까지나 연결되어 있을 거라고 믿었지.

결번 안내 앞에서
그토록 나를 힘들게 했던 미련은
당황스러움으로 변하고,
그리움도 우주의 미아가 되어
떠돌기 시작했어.

혼자서 달을 향해
열심히 미련을 쏘아 보내고 있었구나.
웃음이 나는 걸 보니 차라리 다행이야.

그래, 전화를 걸어보길 잘했어.

네가 빠져나간 자리

한 사람의 인생에서
사랑했던 사람이 빠져나간 자리는
어느 정도 크기일까?

어떤 이에겐 늘 옆자리를 차지하던
극장 의자 한 개의 크기,
공원에서 나눠 덮던
무릎담요 반 장 크기일 수도 있겠지.

내게서 네가 빠져나간 자리의 크기는,
손바닥만 하다고 생각했어.

산책할 때마다
너의 외투 주머니에 집어넣었던 나의 왼손,
내가 잃은 건 그 주머니 정도라고
우겨보고 싶었어.

그런데 손바닥만 한 자리 하나를 잃었는데,
온 우주를 잃은 것 같아.
다른 이들도 그렇겠지.
빈 좌석 하나, 담요 반 장의 크기가
온 우주만 하겠지.

사랑하는 사람을 잃고
아무렇지 않게 잘 사는 것 같아 보여도,
어쩌면 아무것도 아닌 인생을 살고 있는지도 모르겠어.

이별도 멀리서 보면

이별이란 게 이런 거였어?

드라마 같은 데서 보면
여주인공은 헤어져도 멋있잖아.
눈물도 예쁘게 흘리고,
씩씩하게 잘 살아가잖아.
물론 금방 다른 남자가 나타나기도 하지만.

그런데 현실은 전혀 아니더라.
세수도 하기 싫고
그냥 딱 죽고만 싶어.
다른 남자?
온통 눈앞에 그가 어른거리는데
다른 남자를 어떻게 만나니?

며칠 사이 반쪽이 된 내게
친구가 이런 말을 해줬어.

남들 눈엔 너도 그럭저럭 괜찮아 보일 거야.
출근도 하고 친구도 만나잖아.
카페 창가에 앉아 있는 우리 모습도
밖에서 보기엔 또 얼마나 평온해 보이겠니?

찰리 채플린이 그랬지.
인생은 멀리서 보면 희극이고
가까이서 보면 비극이라고.
힘들면 조금 떨어져서 바라봐.
네가 드라마 주인공이라고 생각하면서.
실연도 지나고 나면 희극이 돼.
아니 내 기억엔 십중팔구, 희극이었어.

긴
하루

갑자기 눈물이 터져 나왔어.

길을 걷다 낯선 사람과 부딪쳤을 뿐인데.

세게 부딪친 것도 아니야.
그런데 그냥 서러운 거야.
다들 나한테 왜 이러나, 싶은 기분.

버스가 조금만 늦게 와도,
컴퓨터가 갑자기 다운돼도,
하다못해 음료수 병뚜껑이 잘 열리지 않아도,
눈물이 터지고 말아.

다 놓아버리고 싶은 마음,
미래가 모두 사라지고
우주의 미아가 된 것 같은 기분….

너를 잃고 나서
감정적 지지대를 잃어버린 거야.
기댈 데가 없는 마음은
참 쉽게도 쓰러지고 말아.

그래도 결국은
내 힘으로 다시 서게 되겠지.

그때까지 내가 견뎌야 할 건
쓰러질 때의 아픔을 참는 것.
눈물을 빨리 닦는 것.

답을 아는데도 하루가 참 긴 건
어쩔 수 없어.

돌아오는 것들과 돌아오지 않는 것들

먼 바다로 떠났던 연어들이 돌아오고 있대.

뉴스에서 이 소식을 들을 때면 늘 생각해.
너도 그렇게 돌아왔으면 좋겠다고.

먼 곳으로 떠나보고 새로운 사람을 만나봤지만,
결국 돌아가야 할 곳이 내 곁임을
깨달았으면 좋겠다고….

연어들은 후각으로 물길을 찾아낸다고 하지.
기억 속 냄새에 의지해서 긴 여정을 완수한다고 해.

우리에게도 그리운 후각 같은 기억들이 있잖아.
그 기억들을 조금씩 더듬어가면
너도 분명 여기로 오는 길을 찾아낼 수 있을 텐데….

그래, 못 오는 게 아니라 안 오는 거란 걸
이제는 그만 인정해야지.
오지 않는 사람을 마냥 기다리기보다는,
돌아오기 싫은 그 마음을 헤아려주어야지.

여름의 끝에서 너를 생각해

조금도 예상하지 못했어.
이 여름이 그리워질 거라고.

정말 힘들었거든.
더위와 싸우며 하루하루 살아내는 것이.

그래서 매일 노래를 불렀지.
제일 싫은 계절이라고, 제발 얼른 지나가라고.

그런데 뭘까?
여름 끝에서 갑자기 스산해진 이 마음은.
정체를 알 수 없는 이 마음은.

네가 그리워질 거라곤 꿈에도 생각지 않았어.

지겨운 마음, 상처뿐인 기억….
헤어지면 얼마나 후련할까?
온통 그 생각뿐이었으니까.
그런데 이렇게나 그립다니,
이렇게나 생각나다니….
예상치 못한 감정 앞에서
나는 이제야 후회라는 걸 해봐.

살면서 우리가 확신할 수 있는 건 아무것도 없구나.
계절도, 사랑도, 그리움의 크기도.

나는 좀 더 울어야겠어

'운다고 옛사랑이 오리요마는….'
나는 이 노래만 한 이별 노래를 들어본 적이 없어.

그래, 운다고 옛사랑이 돌아오겠어?
우는 건 바보 같은 짓이야.
제일 바보 같은 짓이지.

하지만 또 우는 거 말고 할 수 있는 게
뭐가 있겠어.
오지 않는 걸 알면서도
울 수밖에 없는 마음,
슬픔 말고는 그 어떤 것도
불러낼 수 없는 마음,
그게 이별한 사람들이 가진
날 것 그대로의 마음.

울 수 있어서 다행이야.
우는 거 말곤 할 게 없어서 좋아.

그러니 나를 그냥 내버려둬.
나는 좀 더 울어야 할 것 같으니까.

말이 진실이 되는 시간

너는 몰라,
그만 헤어지잔 말을 내가 어떤 마음으로 꺼냈는지.

이 말 한마디 하기 위해
나 혼자 치러낸 긴 싸움도 너는 모를 거야.

너는 언제나 같은 말을 하지.
"앞으로 잘할게, 이번만 용서해줘…."

누가 그러더라.
말이 진실이 되려면 시간이 필요하다고….

잘하겠다는 말을
당장 믿어달라고 강요하지 마.
너의 말이 진실이 되기 위해서도
시간이 필요하니까.

나는 내가 정한 길을 갈 테니
너는 너의 약속을 지키렴.

누구의 말이 진실이 되는지는
결국 시간이 알려주겠지.

이번엔 네 차례야

"지금은 내가 말할 순서가 아니라고 생각해.
이번엔 그가 말할 차례야."

일방적으로 연락을 끊어버린 남자를
기다리고 있는 그녀가 해준 말이야.
숨어버린 이유를 말하고
이제 어떻게 하고 싶은지 알려줄 때까지,
마이크가 내게 넘어오지 않았다고 생각하며
기다릴 거라고 했지.

하고 싶은 말은 많지만
내 순서가 아니라 생각하면
참을 만해진다고 했어.
그동안 순서를 무시하고
나만 떠들려고 했던 순간을 떠올리며
또 참았다고 했어.

지금은 내가 말할 순서가 아니라는 말,
행복한 순간을 보낼 때도
이따금 떠올려야 할 말인 것 같아.

상대에게 마이크를 넘기는 것만으로,
침묵하며 가만히 기다리는 것만으로,
수많은 진심들이 전해질 것 같거든.

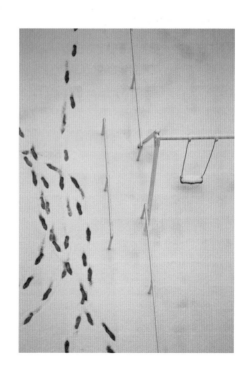

침묵이 서로를 아프게 하지 않도록

사소한 말실수에 마음이 상해
한참 침묵할 때가 있어.
갑자기 어디서 서늘한 바람이 들이치고,
주위 공기가 몇 도 내려앉는 느낌.

그럴 때면 생각해.
'먼저 말 걸 때까지 기분 나쁜 척할까.'
'내가 먼저 웃으며 화 풀라고 할까….'

실수로 엎지른 물을 금세 닦아버리듯,
금방 수습할 수도 있을 거야.
반대로 쏟아진 물이 옷소매를 적시는 걸
가만히 두고 볼 수도 있겠지.

아무것도 하지 않으면, 결국은 서로를 원망하게 돼.
정말 실수로 던진 말인데
결국은 모른 척 시간을 끈 행동이 서로를 실망하게 만들지.

그러니까 우린, 그러지 말자.
그때그때 말하고, 털어내고, 닦아내기로 해.

서로의 무심함과 냉정함이
이별의 진짜 이유가 되지 않도록,
침묵을 오래 끌지 않기로 해.

다시 시작하고 싶진 않아

너는 나에게 이미 졸업한 학교 같아.

좋은 기억이 많지.
우린 꽤 행복했으니까.
애틋하고
그립기도 하지.

하지만 반복하고 싶지는 않아.
졸업한 학교에 돌아가서
같은 공부를 다시 하고 싶지 않은 것처럼.

너와의 연애를 졸업하면서 나는 조금 자랐고,
덕분에 다음엔 더 나은 사랑을 할 수 있을 것 같아.
그렇게 우리는 조금씩 나아가겠지.

그러니 과거는 기억으로,
후회는 아쉬움으로 남겨두기로 해.

나는 이미 그 운동장을 떠나왔으니까.

결국 필요한 건 시간

바다엔 '물때'라는 게 있고
달에는 '차오르고 지는 때'가 있어.

차오를 땐 무섭게 차오르고
부족함 없이 차오르지만,
빠질 땐 다시 안 올 것처럼
야속하게 멀어지거나 사라지더군.

사람 마음이 꼭 바다 같고 달 같아.

이유 없이 좋은 때가 있으면
이유 없이 싫어지는 때가
반드시 찾아오니까.

그러니 기다려야 해.
이 순간이 끝인 양 절망하지 말고.

울고 재촉한다고
바다가 앞서고 달이 서두르지 않듯이,
마음이 차오르는 데도
결국 필요한 건 시간,
시간뿐이니까.

너는 늦었고 나는 잊었어

너의 전화를 간절히 기다렸던 때가 있었어.
얼마나 기다렸는지,
가끔은 환청이 들리기도 했지.

이제 그만 기다려야겠다고
무슨 작정 같은 걸 한 건 아니야.
그저 팽팽히 묶인 끈이 스르르 풀리듯이
환청이 멈추고
전화기를 바라보는 버릇이 사라져버렸어.

그 시간을 지나와 이제야 걸려온 너의 전화.
다시 시작하잔 말에 내가 먼저 끊어버린 건,
그래, 그 말이 너무 늦게 도착했기 때문이야.

사람과 사람 사이에도 골든타임이 있어.
그 시기를 놓치면 어떤 감정들은
더 이상 회생이 불가능해져.

아무리 생각해도 내가 할 수 있는 말은
짧은 이 한마디뿐이야.

너는 늦었고,
나는 잊었어.

노력하지 말 것

넌 아직 한참 멀었어.

잊기 위해 노력한다는 말 자체가
갈 길이 멀다는 증거니까.
그 노력마저 필요 없는 때가 와야
그제야 끝이 보이는 거지.

무작정 잊으려 노력하기보단
그냥 편하게 인정해.
헤어져야 했던 상황을 인정하고
헤어지려는 그 마음을 인정하는 거야.

잊기 위해 고개를 가로젓는 게 아니라
인정하기 위해 고개를 끄덕일 때,
마음도 편해질 거야.

모든 게 잔잔한 미소로 떠올려지는 때가 찾아올 거야.
어쩌면 네 짐작보다 훨씬 빨리 올지도 모르지.

그러니 겁내지 말고,
예상하지 말고,
무엇보다 노력하지 말 것….

그래, 그저 담담히 너의 시간을 살아.

릴케의 시 따위

릴케의 시 〈가을날〉을 읽다가 이 구절에
마음이 상해버렸어.

'지금 홀로인 사람은
오래오래 그러할 것입니다.'
한 술 더 떠 이런 구절까지 있어.
'잎이 지고 나면 가로수 길을
불안스레 이곳저곳 헤맬 것입니다.'

씩씩하게 잘 살고 있다고 믿었는데
실은 좀 겁내고 있었나 봐.
누구 좀 만나보라는 엄마의 잔소리에 발끈했던 것도,
실은 내 마음이 불안한 탓이겠지.

하지만 걱정에 떠밀려 무작정 만날 순 없지.
외로워도 혼자 걸을 수 있다는 믿음으로
잎이 지고 난 뒤를 기다려볼 거야.

아무리 릴케의 예언이라 해도
이건 온전히 나의 '가을날'이니까.

이야기 · 넷

몹시 외로운 날의 다짐

*about
parting*

서로의 곁에서 잠시

실연한 사람에게 가장 위로가 되는 사람이 누군지 알아?

잘 들어주는 사람이나
마음이 따뜻한 사람이 아니야.
바로 나와 똑같이 이별한 사람이지.

특별한 대화 따윈 필요도 없어.
서로 눈만 바라봐도 큰 위로가 되거든.
'나처럼', '나 같은'이란 표현을 쓸 수 있는 것만으로
상처가 아무는 게 느껴져.

그래도 위로와 사랑을 혼동하지 말라는 너의 충고,
잘 기억해둘게.

어차피 시간이 지나면 알게 되겠지.
이게 착각인지, 정말 인연인지.

그리고 잘 되지 않아도 난 괜찮을 것 같아.
잠시 곁에 머물며 서로를 위로한 시간이
참 좋았으니까.

이별이 너를 자유롭게 하기를

나는 네가 세상에서
제일 다정한 사람인 줄 알았어.
그리고 어떤 일에도 흔들리지 않는
강한 사람이라고 믿었지.

이별보다 더 슬펐던 건
너무 변해버린 너의 모습이야.
무엇이 너를 변하게 했는지
참 여러 날 생각하고 또 생각했어.

오랜 시간을 지나서야 어렴풋이 알게 됐지.

너는 냉정한 구석도 제법 가진 사람,
때론 누군가에게 기대고 싶어하는
조금은 나약한 사람….

네가 나를 속인 게 아니야.
나를 속인 건 나였어.
내가 보고 싶은 것만 보고
찾고 싶은 모습만 찾았으니까.

너답게 살지 못해서 너도 힘들었겠지.
좋은 모습만 기대하는 내게 맞추느라
너도 힘들고, 외로웠겠지.

우리의 이별이 너에겐 도움이 되었다고 생각하니,
이제야 눈물이 그쳐.
다음엔 너를 있는 그대로 바라보는 사람을
꼭 만나게 되기를.
사랑이 너를 편안하게 만들기를.

해제 사이렌이 울릴 때까지만

"민방위 훈련의 공습경보가 울렸다 생각해."

그 사람과 헤어지고 너무 힘들었을 때,
아무것도 하기 싫고 어떤 조언도 안 들렸을 때
누가 해준 말이야.

오후 2시였던가?
공습경보가 울리면, 20분가량 차도 멈추고 사람도 멈추고
거리에서 아무것도 할 수가 없잖아.
그냥 꼼짝없이 서서 기다릴 수밖에 없는데,
지금이 그런 때라고 생각하래.

괴로워도 어쩔 수 없고, 힘들어도 방법이 없고,
할 수 있는 건 그저 시간이 가기만을 기다리는 것.

가만히 서서 구름이 흘러가는 걸 바라보고 있으면,
언젠간 해제 사이렌이 들리고 그럼 다시 갈 길을 가면 되겠지.

꼭 이별이 아니라도 아무것도 못하게 막아서는 일들이
또 찾아오겠지.
그러나 이젠 예전처럼 두렵지 않아.
훈련 기간이라고 생각하면 되니까.

머지않아 해제 사이렌이 반드시 울린다는 것도
이제는 알고 있으니까.

몹시 외로운 날의 다짐

이제 고민하거나 의심하지 않을 거야.

다시 누군가를 좋아하게 된다면,
그리고 그 사람도 나를 좋아해준다면,
그런 기적 같은 일이 내게 다시 찾아와준다면,
누가 더 좋아하느냐,
누가 더 잘해주느냐 같은 시시한 문제로
시간을 허비하지 않을 거야.

그저 최선을 다해 내 마음을 표현하고,
할 수 있는 일들을 열심히 할 거야.

그의 과거를 궁금해하지도,
우리의 미래를 걱정하지도 않을 거야.
이 순간 함께할 수 있으면 그걸로 충분하단 걸,
매일매일 잊지 않을 거야.

하지만 다시 사랑에 빠지면 나는 금방 잊고 말겠지.
그래서 이렇게 적어두는 거야.

다음 사람을 만났을 때
시시한 걱정에 한눈팔지 않겠다고,
사소한 욕심과 두려움으로
소중한 것을 다시 잃진 않겠다고….

우린 모두 '어쩌다' 속에 있어

어쩌다 아직도 혼자냐고 사람들이 내게 묻곤 해.

내 대답은 똑같을 수밖에 없어.
"어쩌다 보니 아직 혼자야…."

눈이 높아서 그렇다는 수많은 의혹에 시달렸지.
이제는 어떤 부정도 하지 않으려고 해.

그저 내가 끌리는 사람을 많이 만나지 못했고,
어렵게 만난 사람은
그에게 내가 끌리는 사람이 아니었을 뿐이야.

어쩌다 인연을 만나게 되었느냐고 묻는다면,
아마 같은 대답을 듣게 되겠지.
어쩌다 보니 만나게 되었다고….

인연이란,
운명이란,
결국 저마다의 '어쩌다' 속에 있는 것.

그러니 너무 뭐라고 하지 마.
어쩌다 만나고, 어쩌다 못 만나고,
그리고 어쩌다 헤어지고 다시 만나면서,
저마다 그렇게 흘러가는 거니까.

이별을 이기는 것들

너와 헤어진 뒤 많이 힘들었어.

잠도 못 자고 밥도 못 먹고,
세상에 이보다 큰 고통이 있을까 싶게 힘들었지.

그러던 어느 날,
이유 없이 몸이 가렵기 시작하는 거야.

며칠을 고생하다가 병원에 다녀온 날,
처방받은 약을 먹고 가려움이 멈춘 그 순간을
영원히 잊지 못할 것 같아.

너무 기분이 좋아서 나도 모르게 웃었지.
'참 행복하구나, 이런 게 행복이구나.'
그 순간은 슬프지가 않았어.
네 생각도 나지 않았어.

가려움 하나가 이별의 고통을
충분히 이기고도 남았어.
그리고 그걸 깨닫고 나니,
더 이상 계속 고통 안에 머물 수가 없었어.
민망하고 우스워서.

일상의 평온함보다 더 소중한 건 없나 봐.
잘 기억해둘게.
이 기억이 앞으로도 종종 필요할 때가 있을 것 같아.

다음 사랑이 안 보이는 너에게

한 사람을 잊을 수 있는 가장 좋은 방법은 한 가지뿐이야.

다른 사람을 만나는 것.

꼭 사랑까지 이어지지 않아도 괜찮아.
설렘만 좀 느끼다가 그냥 끝나도 괜찮아.
중요한 건 내 마음이 다시 반응할 수 있다는 가능성을
깨닫는 일이니까.

실연이 무서운 건 절망감 때문일 거야.

다시는 사랑을 못할 것 같은,
내 인생에 이제 아무도 없을 것 같은 절망감.
나를 아프게 하는 게 그를 향한 그리움인 것 같지만,
아마 나를 향한 연민이
내 눈물의 진짜 이유일지도 몰라.

그러니 여기가 끝이라고 생각하지 말고
성큼성큼 걸어 나오렴.

나는 보는데 너는 못 보고 있는,
새로운 인연의 가능성을 믿어보렴.

우주 비행사처럼

미 항공 우주국은 우주 비행사를 뽑을 때
실패 경험이 있는 사람에게 가산점을 준대.

우주에서 위기의 순간을 만났을 때
실패 경험이 없으면
혼란에 빠질 위험이 크지만,
실패 경험이 있으면 그 경험을 근거로
방법을 찾을 수 있다고 믿기 때문이래.

나도 그래.
다시 사랑을 시작한다면
사랑에 크게 실패해본 사람을 만나고 싶어.

사랑의 실패는 많은 것들을 알려주잖아.
마음의 한계를 배우게 하고,
고통을 참는 법과 이해와 용서를 가르쳐주지.
그리고 내가 누군지 깨닫도록 도와줘.

실패를 통해 제대로 성장한 사람…,
그런 사람이라면 다시 시작할 수 있을 것 같아.

낯선 우주와 다를 바 없는 새로운 사랑에
한 번 더 도전해볼 수 있을 것 같아.

가을이 내려앉는 속도만큼만

누군가를 호되게 사랑해본 적이 있어.

눈꺼풀 한 번 깜박이는 찰나에도
그 사람이 그리웠어.
온종일 그 사람 생각만 하고
꿈에서도 그를 만났으니까.

행복했냐고?
그럼.
하지만 동시에 무척 불행했지.

그 마음으론 현실을 살아내기 힘드니까.
늘 함께할 수도 없고,
함께한다 해도
완벽하게 타인을 소유할 순 없는 법이잖아.
벅찬 마음을 감추는 게 힘들었고,
그렇다고 있는 그대로 고백하면
그가 도망갈까 또 두려웠어.

많이 사랑한 만큼 너무 힘들었어.
그보다 더 힘든 건
그 찬란한 감정이 조금씩 시드는 것을
지켜보는 일….

다시는 그런 마음을 바라지 않을래.
천천히 가까워져 조금씩 편해지는 마음,
이 가을이 내려앉는 정도의 속도감,
내게 사랑은 그 정도만으로 충분해.

이별을 위한 준비

오늘 내가 사는 동네엔 한차례 소나기가 지나갔어.
걷다가 어느 처마 아래서 비를 피하며
가방에서 우산을 꺼내는 사람들을 지켜봤어.
'예보도 없었는데 어떻게 알았을까?'
감탄했지.

이별이 갑작스런 소나기처럼
나를 찾아왔던 때가 있어.
나를 위해 꺼내 들 무엇 하나 없이,
속수무책 비를 맞듯 그 시간을 견뎌야 했지.

남들도 다 그런 줄 알았는데, 아니었어.
그런 순간을 위해 사람들은 이런 준비를 한다지.

나를 좀 더 사랑하고
나를 더 열심히 아껴주는 준비.
그럼 마음이 단단해져서
이별의 공격에 의연해질 수 있다고 해.

가방 속 우산처럼 내가 꼭 챙겨야 할 한 가지를
소나기를 만난 덕분에 떠올려본 날.

비는 금세 그쳤지만
이 깨달음은 오래 간직하려고 해.

사랑에 빠지는 이유

사람들은 결국 자기 이야길 하고 싶어서
사랑을 시작하는 게 아닐까.

'오늘 좀 힘들었어.'
'어렸을 때 많이 외로웠지.'
'나는 치즈버거가 제일 맛있더라.'

사소한 일상의 푸념, 아무에게나 쉽게 못하는 고백,
진짜 아무것도 아닌데
나한테만 중요한 이야기를 끝없이 주고받고 싶어서.

연인이란
이야기를 들어주는 사람의 다른 이름인지 몰라.

너와 헤어지고 가장 슬픈 것도
이제 더는 내 이야길 들어주는 사람이 없다는 사실이야.
너의 외투 주머니에 한쪽 손을 넣고
쉴 새 없이 떠들며 걷던 날들이 많이 그리워.

물론 당분간이겠지.
우린 또 내 이야길 들어주는 새로운 사람을 찾게 될 테니까.
어떻게든 하고 싶은 말들을 참지 못할 테니까.
그렇게 사랑은 계속 반복될 거야.

마음에 등이 켜지는 순간

유난히 마음이 추운 날이나
무엇으로도 위로가 안 되는 날이면.

한때 나를 좋아했던 사람들을 떠올려봐.

나랑 짝꿍하고 싶다고 먼저 말해준
3학년 때 그 남자애,
사귀잔 편지를 마당에 던져놓고 간
중 3 때 한 동네 살던 그 녀석,
일 년 동안 짝사랑했다고 고백하고
군대 가버린 과 동기….

손 한번 잡아보지 못했고
시선 한번 제대로 나누지 못했지만,
나라는 평범한 사람을 특별하다 말해준 사람들….

그들을 생각하면
마음에 등이 딸깍 켜지는 기분이야.
그리 뜨겁진 않지만
손바닥을 데우기엔 충분한 온기가 전해져.

'나도 한때는 누군가에게 소중한 사람이었어.'
'잠 못 들게 만든 사람이었지….'
이렇게 생각하며 춥고 캄캄한 길을 걸어.

유치하지만 이상하게 위로가 돼.

봄에 비로소 깨달은 것

몇 년 전까지만 해도 너를 알아보지 못했어.

그땐 어둡고 우울한 사람에게 자꾸 끌렸고,
밝고 긍정적인 너는 심심하게만 느껴졌어.

그런데 지금은 나도 알아버렸어.
인생이 살기 어렵다는 것,
세상은 정말 춥다는 것,
하찮게 보였던 밝음이 얼마나 소중한 것인지도.

따뜻한 사람이 좋아.
봄 햇살 같은 사람,
바라보고 있으면 어느새 따라 웃게 되는 사람,
내가 안전하다고 느끼게 해주는 사람….

그래서 이번엔 내가 청해봐.
내게도 그 볕을 조금만 나눠달라고….

너와 함께라면
왠지 나도
꽃처럼 피어날 수 있을 것 같아.

괴로워도 함께

네가 내 일상에 들어와서 행복해.

주말을 같이 보내고,
시시콜콜한 이야기를 실컷 나누고,
사소한 일에도 걱정해주는 게,
참 좋아.

그런데 그만큼 또 힘들기도 해.
주말에 쉴 수 없어서,
사소한 것까지 전부 말해야 해서,
가끔은 나를 아이 취급하는 게
피곤하기도 해.

좋은 건 힘든 것과 같이 온다더니
사랑도 마찬가지였어.

처음엔 좋은 것만 보이다가
슬그머니 힘든 것들이 보이기 시작해.
좋은 마음이 힘든 마음을
늘 이기지도 못하는 것 같아.

언젠간 이 결정을 하게 되겠지.
혼자서 외로울 것인가,
함께여서 괴로울 것인가….

그래도 내 선택은
언제나 괴로움이었으면 좋겠어.
피곤해도, 힘들어도
서로의 일상을 침범하면서,
그렇게 오래오래 함께였으면 좋겠어.

평범해져서 다행이야

처음으로 싸웠지 아마.

솔직히 첫날은
슬프고,
실망스럽고,
무섭기도 했어.

우리는 한 번도 싸운 적이 없었잖아.
화낼 일조차 없었지.
그래서 정말 완벽한 인연이라 믿었는데
그 믿음에 미세하게 그어진 금 하나를,
처음엔 바라보기가 조금 두려웠어.
그런데 이상하지.
실망한 마음 한쪽에
약간의 안도감이 찾아오는 거야.
우리도 평범한 연인이구나 싶은 안도감.

너무 좋고,
다 잘 맞고,
한 치의 의심도 없었던 시간 동안,
어쩌면 마음 한구석은
불편하고 두려웠던 모양이야.

그래, 이제 우리도 평범해졌어.

어쩌면 더 많이 실망하게 되고, 더 미워질지도 몰라.

그래서 또 배워가겠지.

화해하고 다시 좋아지는 방법을.

그런 게 있어야 진짜 사랑이라는 사실도.

버릴 게 없어

각자 사는 동네가 서로 반대 방향인 게
그땐 참 싫었는데,
지금 생각하니 오히려 다행인 것 같아.

헤어지고 돌아가는 길이 허전했기 때문에,
그리운 마음이 더 깊어질 수 있었지.

집에 돌아오면 또 혼자인 게 그땐 참 싫었는데,
지금 생각하니 다행인 것 같아.
그 외로움 덕분에
너를 더 많이 생각하게 되었지.

일이 많아서 힘들었기 때문에
서로를 더 의지할 수 있었고,
둘 다 넉넉하지 않았기 때문에
작은 것 하나에도 감사할 수 있었어.

그래, 그땐 단점이고 문제라 여겼던 것들이
실은 우리를 돕고 있었어.

앞으로도 잊지 않기로 해.
우리 사이 그 어떤 문제도 하나 버릴 게 없다는 것을.
어려움들이 결국 사랑을 키운다는 사실을.

이런 게 사랑의 기적

내가 참 우유부단한 사람이라
너를 답답하게 만들까 봐 걱정했어.

그런데 아니었어.
고집이 센 너는 나의 우유부단함을 오히려 반기는 것 같아.
내가 말이 많아서
너를 쉽게 지치게 만들 거라 생각했었지.
그런데 아니었어.
말수가 없는 너는 나의 재잘거림을 참 즐거워하네.

겁이 많고,
덜렁대고,
소심한 나….
이런 단점들 때문에 많이 주저했는데,
네 앞에선 단번에 장점이 되고,
모든 걱정이 우습게 사라지고 말아.

참 놀라운 것이구나, 사랑이란 건.
그리고 참 감사한 것이구나,
인연이란 건.

너는 자꾸 내가 변했다고 말하지.

상냥했던 말투, 수줍어하던 표정을 잃어버렸다고,
잔소리가 늘고 표정이 사나워졌다고 말해.

나는 자꾸 네가 변했다고 말해.
다정했던 눈빛, 세심했던 배려를 잃어버렸다고,
무뚝뚝해지고 너무 바쁜 척을 한다고 말해.

참 이상하지.
많은 것들이 변해간다고 입버릇처럼 말하고 살면서,
사랑하는 사람만큼은
과거의 모습 그대로 멈춰 있길 바라잖아.
나만 보면 어쩔 줄 몰라 하던 모습 그대로,
먼 길을 마다않고 달려오던 열정 그대로.

우리가 사랑했던 칠 년 전의 그 남자, 그 여자는,
이제 세상에 없다는 걸 인정하기로 해.

이따금 떠오르는 기억으로 저장하고
지금의 서로를 받아들이기로 해.

조금씩 변해가는 모습을 계속 좋아해주기…,
그래, 이제 마음의 업그레이드가 필요한 시간이야.

라면 두 개 끓일 때처럼

연애는 라면 끓이는 것과 비슷해.
하나 끓일 땐 물대중이 쉽잖아.
익숙하니까.

하지만 두 개만 돼도
자신이 없어져.
물이 이만큼이면 되는지,
같이 먹을 사람이 고들고들한 면을 좋아하는지,
퍼진 걸 좋아하는지 신경도 써야 해.

연애도 늘 2인분.
혼자 쉽게 결정했던 것들을
한 번 더 생각하게 하고 상의하게 만드는 것.

상대를 나보다 더 사랑한단 약속 따위 남발하지 말고,
그저 라면 두 개 끓일 때만큼만 신경 쓰기로 해.

한 번 더 고민하고,
"넌 어때?"
한 번 더 물어봐주기.
그것만 지켜도
우리 연애는 제법 맛을 낼 수 있을 거야.

너는 이미 행복한 사람

사소한 싸움을 잘 끝내는 법을 알려줄게.

'왜 문자에 답장을 하지 않니?'
'왜 약속을 자꾸 까먹니?'
이런 말들이 품고 있는 의미는 대부분 이것이야.
'왜 나를 더 사랑해주지 않니?'

그래서 다른 변명은 별 의미가 없어.
그저 나는 너를 많이 좋아한다고,
너를 진짜 사랑한다고 말하면 돼.

그리고 기억해야지.
상대가 화를 내고 섭섭해할 때가
참 좋은 때란 걸.
내 전화를 기다려주는 사람이 있을 때
나 역시 소중한 존재가 될 수 있다는 것도.

그러니 사소한 싸움에 속상해하지 마.
사소하게 다툴 사람이 있어서
너는 이미 행복한 사람이니까.
많은 이들이 너를 부러워하고 있으니까.

흠을 가진 채 오래오래

한번 깨진 접시는 다시 붙여도 말끔할 수 없다고들 해.

한차례 이별을 겪으며
깨진 접시처럼 조각난 우리 마음도,
이미 생겨난 균열의 흔적까지
말끔하게 지울 순 없을 거야.

하지만 흠을 바라볼 때마다
이런 생각을 하겠지.
'우리 참 오랜 시간을 함께해왔구나….'

더 시간이 지나면
작은 흠 따윈 눈에 들어오지도 않을 거야.
흠끼리 이어 붙은 자리 덕분에
더 단단해질지도 몰라.

그래서 또 만만하고 편할 테니까
긴 세월 함께하기에 더없이 좋을지도 모르지.

이런 믿음이 있기에
나는 다시 시작해보고 싶어.
깨지고 어긋났던 우리 인연을.

언젠가는 보여주겠지

약속 장소로 걸어가다가 저만치 앉아 있는 너를 봤어.

이름을 부르려다가 멈칫한 건
네가 참 시무룩해 보였기 때문이야.

한 번도 본 적 없는 침울한 표정과 처진 어깨….

늘 웃는 얼굴과 자신만만한 태도만이
너의 전부가 아니었구나.

나는 너를 얼마나 알고 있는 걸까?
너에 대해서 알고 있기나 한 걸까?

시간이 필요하겠지.
못난 감정과 약한 모습을
기꺼이 들킬 만큼 믿음이 쌓일 때까지.

너도 노력하겠지만 나도 노력할게.
흐린 날에도 어두운 날에도
함께 걸어갈 수 있는 사람으로 생각할 수 있도록.
진심을 보여도 괜찮다고 안심할 수 있도록.

이야기 · 다섯

슬프지 않아서 슬픈

about
parting

달라서가 아냐

우리는 여름이면 에어컨 온도 때문에 다투곤 했지.
너는 열이 많았고 나는 몸이 차가웠으니까.

그저 몸의 온도 차이일 뿐이었는데,
자꾸 마음의 온도 차이라고 오해했던 것 같아.
사랑한다면서 그 정도 배려도 못하냐고 그렇게 몰아가곤 했지.

왜 그랬을까?
겨울엔 몸이 차가운 내가
따뜻한 네 몸에 의지할 때가 많았는데,
그땐 서로의 다른 체온이
오히려 고마웠는데 말이야.

달라서 싫은 것이
달라서 좋은 것이 되고,
달라서 힘들다 생각한 것이
아무것도 아닌 게 될 수 있어.

이제 잘 기억해둘게.
몸의 온도를 마음의 온도로 오해하지 말 것.
달라서 좋은 계절이
금방 찾아온다는 걸 잊지 말 것.

들어줘서 고마워

전화기를 만지작거리며 집으로 가고 있어.
상사에게 깨지고 퇴근하는 길이야.
이제 너에게 전화를 걸 수 없다는 게
이런 식의 고통으로 찾아오는구나.
네가 나에게 얼마나 많은 위로를 주었는지,
이제야 알겠어.

참 많이 투덜댔지.
"부장님이 미워."
"점심 메뉴가 별로였어."
"커피를 쏟았어."

너도 힘들었겠다.
그럼에도 묵묵히 들어줘서
정말 고마워.

들어줄 사람이 없다는 게
얼마나 외로운 일인지 이제 알았으니,
또 사랑을 하게 된다면 그땐 불평을 좀 아낄래.

지쳐서 도망가지 않도록,
아무것도 해결해줄 수 없는 자신을 자책하지 않도록….
소중한 위로의 대상을 잃지 않고 싶으니까.

그리고 너에겐, 참 고맙고 많이 미안해.

혼잣말

그래, 우리는 비슷해.
자라온 환경도 비슷하고,
서로의 가치관, 인생관을 마음에 들어 하고
대화도 잘 통하지.
아마 결혼한다면 그럭저럭 잘 살게 될 거야.

그런데 너와 즐거운 대화를 나누고 집에 돌아와서
나는 종종 이런 생각을 해.

'누가 나를 정말 사랑해줬으면 좋겠다….'
'너 없는 내 인생은 아무 의미 없다고 말해줬으면 좋겠다….'

비록 그 사람에게 많은 흠이 있다고 해도,
가슴 아프게 나를 사랑해주는 사람이라면
지금보다는 조금 더 행복할 것 같아.

걱정 마.
이 이야길 너에게 하진 않을 거야.
우린 내일도 그럭저럭 만나고,
그럭저럭 함께해야 하니까.

이건 그냥 적당히 잘 맞는 사람과 헤어질 용기는 없으면서
낭만적인 사랑을 꿈꾸는, 나의 혼잣말일 뿐이야.

내년에 다시 와야지

'사람도 너무 많고, 시끄럽고, 여기 참 별로다.'

오랜만에 찾아온 거리에서 혼잣말을 하다 떠올렸어.

작년 이맘때도 이 거리에 왔다는 사실을.
그땐 이렇게 말했었지.
'볼 것도 참 많고, 활기차고, 여기 참 좋다.'

생각나.
그땐 좋아하는 사람과 함께였고 행복했음을.
지금은 혼자이고 많이 울적해.

내년에 또 이곳을 찾게 된다면
그땐 다시 들떠 있기를 기대해봐.
누군가와 함께라면 물론 좋겠지만
여전히 혼자라 할지라도.

아름다운 풍경을 아름답게 느낄 만큼만
내 마음이 담담하고 건강해지기를….

그리고 결국 모든 것은 계절처럼 가고 온다는 것을,
아는 만큼만 성숙해지기를….

소개팅에서 멋진 남자를 만난 날

솔직히 이렇게 멋진 사람이 나올지는 몰랐어.

처음엔 잠깐 마음이 들떴지.
그런데 시간이 지날수록 찾아오는 질문들….

'이렇게 괜찮아 보이는 사람이 왜 지금까지 혼자일까?'
'뭔가 치명적인 약점이 있는 건 아닐까?'

그러다 결국 다다른 결론은,
'정말 괜찮은 사람이 나한테 올 리가 없어….'

내가 혼자인 건 이 생각 때문이었나 봐.
멋진 사람이 나타나도 의심해서 떠나보내고,
외로움을 싫어하면서도
이런 게 내 몫이라고 생각하는 마음.

이번엔 그러지 말아야지,
의심을 거두고 있는 그대로 바라봐야지.
내게 오는 좋은 인연을 그저 감사히 받아 안아야지.

더 크게 울어서 미안해

그거 알아?
내가 아프다, 아프다 하며 크게 울수록,
상대방은 점점 더 나쁜 사람이 된다는 걸.

헤어질 때
누가 더 잘못했는지
잘잘못을 가리는 건 힘든 일이야.

아프고 힘들다고 더 크게 우는 쪽이
착한 사람이 되고,
상대는 속절없이 나쁜 사람이 되고 말아.

나는 너를 사랑해서
그렇게 오래 슬퍼한 것뿐인데,
지나고 보니 내 긴 슬픔이
너를 더 나쁜 사람으로 만들고 말았어.

진짜 사랑했다면 침묵해줄 것.
아무도 몰래, 혼자 울 것….

미안해.
그것이 진짜 배려라는 걸 이제야 알았어.

잊어가는 단계

같이 갔던 단골 식당들의 이름을 제일 먼저 잊었어.

그 다음엔 자주 하던 농담이 떠오르지 않게 되었고,
세 번째가 뭐였더라?
아마 e메일 주소.

전화번호는 예상보다 오래 남았어.

이름보다 얼굴이 먼저 희미해져버려.
처음엔 미소가,
그 다음엔 화내는 표정이,
어느새 미간과 옆모습도 흐릿하게 잊히지.

세월이 오래오래 흐른 뒤 결국 뭐가 남는가 하면…,
시간이란 정말 무서운 거라는
진실 하나.

사랑했던 사람을 잊는 건
그리 어려운 일이 아니야.
그저 이 단계를 밟아가는 걸 지켜보는 게
씁쓸할 뿐이지.
사랑이 별게 아니구나 인정하는 일이
가장 힘들 뿐이야.

이게 진짜 마지막 말

'그만 헤어지자'는 말이
'정말 사랑해'로 끝날 때가 있어.

더 사랑하겠다는 말로 시작한 이야기가,
그만 헤어지자는 말로 끝날 때도 있지.

말을 꺼내는 순간 비로소 진심을 깨닫기 때문이야.

그런데 이야기는 여기서 완전히 끝나지 않아.
더 사랑하겠다고 말하고 돌아온 다음 날
'아니, 결국 헤어져야겠어',
마음이 다시 배신하기도 하고,
'헤어지자' 결론 내고 돌아온 다음 날,
실은 사랑하고 있다고 다시 깨닫기도 해.

괜찮아.
지금은 마음이 이랬다저랬다
계속 자리를 바꿔 앉는다 해도,
결국 마지막엔 진심을 알게 될 테니까.

이게 진짜 마지막 마음이구나 싶은 말을
결국은 하게 될 테니까.

이별을 반복하는 이유

이별의 방법엔 정해진 공식이 없어.

그동안 고마웠다고 말하며 행복을 빌어주는 방법?
훗날 이불 속에서 발을 차며 가식을 후회하게 되겠지.

실컷 원망하고 돌아서는 방법?
역시 나의 못난 행동을 후회하게 될 거야.

그래서 다들 이별을 여러 번 반복하나 봐.
'이 버전이 마지막이다',
'아니, 이 버전이 진짜 마지막이야' 하면서.

어쩌면 이별할 때 제일 필요한 건
'뻔뻔함'인지도 몰라.
가식을 떨든, 솔직해지든,
내 선택이 최선이었다고 무조건 생각하는 것.

이별도 힘든데
이별하며 했던 말에 반성까지 해야 하는 건,
더 억울한 일이니까.

다르지만 가까이 있을 수 있다면

덴마크 최북단, 발트해와 북극해가 만나는 지점을
사진으로 본 적이 있어.
색이 두 가지로 다른 바다가 서로를 밀어내서
하얗게 거품이 생겨 있었어.
염분의 농도가 다르기 때문이래.
그래서 결코 섞일 수가 없대.

우리 생각이 났어.
열정적이고 감정적인 나,
냉정하고 건조한 너…,
덕분에 자주 다투었지.
나는 너를 이해하지 못해서,
너는 나를 감당하지 못해서.

어쩌면 우리도 그 바다처럼
영영 섞이지 못할지 몰라.
내내 서로를 밀어내기만 할지도 모르지.

그래서 헤어지고 싶으냐고?

그건 아닌 것 같아.
서로 다른 걸 인정하면 그만이니까.
섞이지 못해도 저렇게 등을 붙인 채 가까이 있을 수 있다면…,
나는 그것만으로 충분히 좋아.

조금만 더 버텨줘

권투는 얼마나 잘 때리느냐가 중요한 게 아니래.

얼마나 오래 버티느냐,
그게 승패를 좌우한대.

사랑도 그렇지 않나?

얼마나 좋아하는가,
얼마나 행복한가보다 더 중요한 건,
얼마나 참는가,
얼마나 기다려주는가….

좋을 때 사랑하고
기쁠 때 행복한 건 누구나 해.
힘들 때 사랑하고
아플 때 견디는 것에서
진검승부가 나는 거야.

그래, 답은 맷집에 있었어.
힘들어도 단단히 버티고 서서
날아오는 아픈 주먹을 견디는 사람.

그런 사람이 챔피언이야.
사랑할 자격도, 사랑받을 자격도 있는 챔피언.

이별을 똑바로 보고 싶어서

헤어지잔 말을 수화기 너머로 듣고도
나는 기어이 너를 만나러 갔지.

얼굴을 보고 설득하거나
어떻게든 매달려볼 심사도 조금은 있었던 것 같아.
하지만 그보다 더 큰 이유는
이별을 확실히 확인하고 싶은 마음이었어.

나는 주사 하나를 맞아도
바늘을 똑바로 쳐다봐야 직성이 풀리는 사람,
상처 난 자리를 똑똑히 확인해야 마음이 놓이는 사람이니까.
그래서 직접 확인하고 싶었나 봐.
감정이 사라진 너의 눈빛을.

힘들어하는 너를 보면서,
이별을 통보받은 내가 오히려
너를 괴롭히고 있단 걸 알았지.

상처는 더 사랑하는 사람의 몫이라 생각했는데…,
아닌가 봐.
상처는 이별을 바라볼 힘이 없는 연약한 사람의 몫일지도.
그러니 너무 아프지 말길.
진심을 확인한 나는 이제 괜찮으니까.

미련한 사람이 될 거야

"애 낳으러 병원 들어가기 전날,
아내가 부른 배를 안고 숨을 쌕쌕거리며
김 백 장에 기름을 발라 재어놓더라.
자기 병원에 있을 동안 나 먹으라고 말이야.
나는 그 모습을 평생 못 잊을 거야."

누가 사랑에 대해 물으면,
오래전 드라마에서 들었던 이 이야기가 떠올라.

부른 배를 안고 김을 재는 아내….
세상의 모든 사랑은
결국 미련해 보이는 모습을 가지고 있어.

사랑은 미련하지 않으면 안 되고,
사랑은 결국 우리를
미련해지도록 만들고 말지.

사랑은 늘 지는 게임,

승산 없는 싸움….

그 미련 없음이 별처럼 빛나

우리 삶을 밝혀주지.

나도 가끔은 미련한 사랑을 하고 싶어.

미련한 사람이 되고 싶어.

좋은 날이 더 많았어

자기소개서를 쓰는데 왜 자꾸 네 생각이 나는 걸까?

스페인어를 이렇게나마 할 수 있게 된 건,
함께 남미 여행을 가자고 네가 나를 부추긴 덕분이었지.

대학원에 가게 된 것도 순전히 너의 조언 덕분.
취미가 등산이라고 쓰려다
너와 함께 갔던 수많은 산들이 떠올랐어.
등산화 고르는 법,
하산할 때 발을 딛는 요령까지,
모두 너에게 배웠구나.

헤어질 때 말했지.
너한테 받은 건 상처뿐이라고.

비록 끝이 나쁘긴 했지만
사실은 좋은 날이 더 많았어.

사랑은 결말만이 중요한 줄 알았는데,
아닌 것 같아.
결말이 나빠도 과정은 아름다울 수 있어.

다만 그 사실을 너무 늦게 깨달아서
고맙다는 말을 못 한 게 후회될 뿐이야.

이별을 받아들이지 못하는 마음

"내가 너한테 줬던 선물들 다 돌려줘."

만약 헤어진 연인에게 이런 문자를 받는다면,
처음엔 황당하고 나중엔 화가 나겠지.
'겨우 이런 사람이었나?'
'역시 헤어지길 잘했어.'
이런 생각도 하게 될 거야.

선물이 아까워서는 아마 아닐 거야.
그저 한 번 더 상처를 주고 싶은 옹졸한 마음 때문이지.
이대로 잊히느니 상처라도 주고 말겠다는,
어린아이 같은 마음일 거야.

아직 이별을 받아들이지 못하는 거야.
불붙은 집에 갇힌 사람처럼
아프고 힘들다고 소리치는 거야.

그러니 미워하지 마.
그렇게밖에 할 수 없는 마음을,
그렇게나마 달래고 있는 중이라고 헤아려줘.

어쨌든 너는 그 사람보단
이별의 상처로부터 조금 더 안전하다는 뜻일 테니까.

지금이 제일 좋은 온도

연락이 예전보다 뜸한 건 마음이 식어서가 아니야.
너에게 싫증 난 건 더더욱 아니지.

오히려 더 편안해진 거야.
수시로 전화해서
'어디 있나', '뭘 하나' 궁금해하지 않아도,
너의 일상을 짐작하고 믿고 있기 때문이지.

눈에 보이지 않고 만나지 못한다고
멀어지는 건 아니야.
마음이 정말 깊어지면
수만 킬로 떨어진 곳에서도
충분히 서로를 느낄 수 있으니까.

그러니까 깊어진 사랑은 체온 같은 것.
이따금 고열과 미열에 시달릴 때도 있지만
결국 돌아와 한결같이 유지되는 것.

그래, 내 마음은 식은 게 아냐.
가장 좋은 온도를 찾았을 뿐이지.

끝을 알 수 없어서

"언제 그만둬야 할지 몰랐어."

그렇게 힘들어하면서
왜 헤어지지 않았냐고 누군가 물었을 때,
나는 이렇게 대답했어.

사랑을 시작할 땐 분명하게 알았던 것 같아.
이것이 시작이라는 걸.
그런데 끝은 도무지 알기가 어려웠어.

이제 정말 헤어져야 하는가, 싶으면서
또 지금이 진짜 끝은 아닌 것 같고,
누구 하나 '이제 끝났어'라고
말해주지 않으니 그냥 계속 갈 수밖에 없었어.

그래서 좋은 점도 있어.
결국 여기까지 올 수 있었으니까.

그래, 대단한 사랑으로 온 게 아니야.
그냥 끝날 때를 찾지 못해 떠밀려 왔지.

그러니 잘난 척하지 않아.
미안하고 겸연쩍은 마음으로,
어렵게 얻은 행복에 감사할 뿐이야.

뒤늦게 깨달은 진심

우리 그만 헤어지자는 말에
한동안 말없이 앉아 있더니 고개를 두 번 끄덕였지.

그 순간 '툭, 툭' 떨어지던 굵은 눈물 몇 방울.
닦을 생각도 않고 화조차 내지 않는
무방비한 표정과 마주한 순간,
나는 알았어.
'이 사람과 헤어질 수 없겠구나.'

네가 이별을 순순히 받아들이면
마음이 편할 줄 알았는데,
반대였어.
오히려 내가 이별을 원하지 않는다는 걸
그 순간 알았지.
당혹감을 넘어 두려움이 밀려오는 것을
그때 제대로 느낄 수 있었어.

그래, 헤어지고 싶었던 것도 내 마음이지만,
그보다 더 큰 마음을 지금 만났어.

이런 내가 미덥지 않겠지만 한 번만 용서해주렴.
여기까지 와봐야
비로소 깨닫게 되는 진심도 있으니까.

너는 언제 내 생각을 할까?

"당신은 어떨 때 내 생각이 제일 많이 날 것 같아?"

어느 드라마에서 병을 앓아 긴 이별을 앞둔 아내가
남편에게 이렇게 물었어.
남편의 대답은
"맛없는 된장찌개 먹을 때, 맛있는 된장찌개 먹을 때…."

여기서부터 눈물이 나와서
그 뒤의 대사는 새겨듣지 못했지만,
어린 나이에도 알 것 같았어.
그리움이란 그런 것이구나.
나쁘면 나빠서, 좋으면 좋아서 생각나는 것,
어느 때고 마음에서 영영 사라지지 않는 것….

그래서 걱정하지 않으려고 해.
한 번쯤 내 생각을 할까, 영영 잊지는 않을까,
마음 쓰지 않으려 해.

그것이 진짜 마음이었다면
매 순간순간 떠오를 테니까.
그리고 만약 생각하지 않는다면
그 역시 그만한 마음이라 그랬으리라, 짐작하니까.

줄이 끊어진 요요

우리는 왜 이렇게 자주 싸울까?

걱정은 했지만 그래도 헤어질 거란 생각은 안 했어.

나는 우리 사이가 요요 같다고 생각했나 봐.
'요요'는 다시 돌아온다는 뜻의 필리핀 말이래.

한 번씩 크게 다툴 때면
멀리 던진 요요처럼 제법 멀어지기도 했지만,
한쪽에서 조금만 당기면 금세 가까워지곤 했지.
그래, 금방 돌아오곤 했어.

다만 한 가지를 몰랐어.
요요의 줄이 영원하지 않다는 것.

너무 멀리, 너무 자주 던져지는 동안,
마음이 낡고 삭아간다는 것도 몰랐지.

분명 다시 돌아올 줄 알았는데
이제 더는 돌아오지 않는 너의 마음….

세상에 영원한 건 없으니
매 순간을 소중히 여겨야 한다는 걸,
이렇게 또 배우고 가.

다시 사랑 때문에 울 수 있을까

애절한 멜로드라마를 보다가
주인공이 우니까
나도 따라 울고 말았어.
그러다 문득 궁금해졌어.

'나는 지금 왜 우는 걸까…?'

눈물 날 만큼 그리운 사람도 없고,
오랜 세월 기다리고픈 사람도,
나를 기다려주는 사람도 없는데,
이 눈물은 어디서 출발한 걸까?

사실은 그렇게 부럽지도 않아.
사랑이 내 인생에서
가장 큰 사건이던 시절을
이미 지나왔으니까.

사랑은 이제 남의 이야기,
마치 입국이 금지된 나라처럼
영원히 갈 수 없을 것 같은 세상….
어쩌면 그래서였나 봐.
앞으로도 영영 그리운 사람이 없을 거란 생각에,
다시는 사랑 때문에 울 수 없겠구나 싶어서….

그래, 그래서 눈물이 났던 거야.
이건 너무 멀리 떠나온 이방인이 흘리는
외로운 눈물인 거야.

최소한의 도리

"내가 싫어져서 그 사람이 좋아졌니?
그 사람이 좋아져서 내가 싫어졌니?"
"그게 뭐가 중요해? 우린 이제 끝났어."

30분째 같은 이야기를 반복 중이야.
나도 내가 왜 이러는지 모르겠어.
어느 게 먼저든 그의 말대로 우린 끝났을 뿐인데.

아마 그가 먼저 배신을 해서 사랑이 식은 거라고
우기고 싶은가 봐.
이유 없이 내가 싫어졌고
그래서 다른 사람이 눈에 들어왔다고는
인정하고 싶지 않은가 봐.

만약 이별을 먼저 통보하고 싶다면
기꺼이 나쁜 사람이 되어줘.
"내가 널 배신했어."
"내가 사랑을 버렸어."
이렇게 말해줘.

이런 게 무슨 의미가 있냐고?

실연도 슬픈데
이별의 책임까지 져야 한다면,
그건 너무 힘든 일이잖아.

좋은 사람이면서 가엾은 사람.
최선을 다했음에도 버려진 사람….
자책하지 않아도 될 만한 근거를 만들어줘.
그게 최소한의 도리라고, 생각해줘.

고통의 양은 같아

천천히 헤어지는 것과 급하게 멀어지는 것 중
뭐가 더 나을까?

친구로라도 지내는 것과
얼굴도 못 보는 완전한 남이 되는 것,
어느 게 좋을까?

천천히 헤어질 땐
이렇게 사람 피 말리지 말고
한 번에 끝나는 게 낫겠다 싶고,
한 번에 완전히 끝났을 땐
차라리 친구로라도 지내는 게
좋았겠다 싶고.

모든 경우를 지나와 깨달은 건 오직 하나.
천천히 끝나든 한 번에 끝나든
받아야 할 고통의 양은 비슷하다는 사실이야.

오늘의 가뿐함에 안심할 필요도,
오늘의 고통이 영원할 거라고 믿을 필요도 없어.

이별은 어쨌든 치러야 할 몫을 정확히 치르게 할 테니까.

밥 먹자

"밥 먹자. 먹으면 또 한 이십 분 가잖니."

어느 드라마에서
사랑하는 사람과 헤어져 힘들어하는 아들에게
엄마가 이렇게 말했어.

제일 힘든 게 그거야.
뭘 해도 시간이 가지 않는 것.
아무리 울고 나도, 아무리 자고 나도,
늘 헤어진 다음 날에 머물러 있는 기분.

나만 정지된 시간에 갇혀서,
내일도 안 오고, 다음 달도 안 오고,
내년은 더 안 올 것 같은 그런 기분.

하지만 그렇게 정지된 것 같은 시간도 결국은 흘러가.
그리고 어른들 말처럼 정말 시간만이 약이 돼.

밥 먹느라 이십 분, 이 닦느라 삼 분…,
이런 게 얼마나 요긴하게 쓰이는지
지나고 나면 알게 될 거야.

그러니 너도 어서 수저를 들어.

슬프지 않아서 슬픈

사랑하는 사람과 헤어지고
많이 힘들어하는 네가 나는 참 부러워.

일 년 전, 나도 비슷한 일을 겪었잖아.
삼 년을 사귄 사람에게서 갑자기 통보를 받았지.
이제 더는 나를 사랑하지 않는다고,
새로 좋아하는 사람이 생기고 말았다고 했어.

겉으론 힘들어했지만
내 속을 깊이 들여다보며 알게 된 건,
그리 화가 나지도, 그렇게 슬프지도 않다는 사실.
오히려 '이제야 헤어질 수 있겠구나',
안심하고 있었지.

이것이 사랑인지 아닌지는
헤어지는 순간에 깨닫게 되는 것 같아.

진심으로 사랑했다고 말할 수 있고,
헤어지고 오랫동안 아파할 수 있다면,
이별도 선물이 될 것 같아.
아무에게나 쉽게 주어지지 않는 선물.

이야기 · 여섯

너도 참 외로웠겠다

*about
parting*

오직 나만 필요한 사람

활기찬 모습이 좋아 보였어.

회사 일도 열심히,
취미 생활도 많이 하는 사람.
배우는 것도 많고
하고픈 것도 참 많은 사람.
SNS 활동도 얼마나 적극적인지,
살아가는 모습 자체가 '좋아요' 버튼 같았지.

그런 사람과 연애를 하는데,
그런 사람이 나를 좋아하는데,
그런데 나는 왜 외롭기만 했을까?

헤어지고 나서야 알았어.
내가 채워줄 공간이 없기 때문이었지.
내가 아니라도
함께 밥 먹고, 같이 걸어줄 사람들이
너무나 많기 때문이었어.

연애는 그래.
그 어떤 조건보다 빛나는 것이 바로 이것,
'오직 나만 필요한 사람'.

내가 아니어도 괜찮은 건 사랑이 아닌 것 같아.

지금 사랑하진 않지만

그의 태도가 그리 마음에 들지 않았어.

우리 만난 지 석 달이 되어가는데
사랑에 빠진 사람처럼 보이지 않았거든.

결국 참지 못하고 물었지.
"너는 나를 사랑하긴 하니?"
그의 대답은
"나는 아직 너를 잘 모르잖아."

사귀는 건 알아가려는 과정이고
그 과정을 지나야 사랑도 할 수 있다는 그의 말.

그동안 나는 반대로 알았어.
사랑해야 사귀는 거라고,
시작할 때 이미 마음도
완성되어 있어야 한다고….

연애가 계속 실패한 건 그 때문인지도 몰라.
처음부터 너무 크고 깊은 마음을 요구했던 것.
나도 그래야 한다고,
스스로를 채근했던 것.

그래서 한번 믿어보려고 해.
알아가면서 사랑하게 되는,
그렇게 천천히 시작되는 사랑을.

딱 일 년만 버텨봐

다시 시작한 사랑은 다시 돌아온 계절과
어쩜 이렇게 닮았을까?

지난해에도 분명 눈부신 가을날이 있었지.
아름답게 물든 가로수 아래를 걸었고
아낌없는 감탄을 쏟아냈던 것 같아.

그런데 지금은 그 풍경이
도무지 생각나지 않아.
그저 이 가을이 처음이고 유일한 것만 같아.

그렇게 사랑했던 사람,
평생 못 잊을 것 같던 감정들이
이렇게 어슴푸레 잊히다니.
이번이 처음인 것처럼
그저 이 사람만이 유일한 것처럼 느껴지다니….

그래도 너무 부끄러워하지는 말아야겠어.
그저 시간의 위대함을 인정해야지.

지금 헤어져 괴로운 사람들에게도 이렇게 전하고 싶어.
내년 가을까지만 한번 기다려보라고.

안 올 줄 알았어, 권태기 같은 것.
이렇게 좋아하는 마음이
심드렁해질 수 있을 거라곤
상상도 못했으니까.

역시 안 올 줄 알았어.
너를 미워하는 순간 같은 것.
이렇게나 좋은 사람을 싫어하게 될 거라곤
짐작조차 할 수 없었으니까.

'이번엔 다를 거야',
'이 사람은 진짜일 거야',
내 기대를 비웃기라도 하듯
변해버린 마음은 정직하게 우리를 찾아왔어.

우리 역시 다를 것 없는 사람들,
우리의 연애 역시 평범한 패턴임을 인정하고 나니,
이것 하나는 배우게 되었어.
그러니까 노력이 필요하구나.

공평하게 오겠지.
싫어지고, 미워지고, 때론 떠나고픈 날들이.

그러니까 다른 방법은 없어.
할 수 있을 때 더 많이 사랑하는 것.
마음을 아끼지 않는 것.

이것이 평범한 사람들이
서로를 사랑하는 최선의 방법이야.

너도 참 외로웠겠다

카페나 식당에서 바깥 풍경이 잘 보이는 자리는
언제나 내 차지였어.

바다를 보러 갔을 때도,
눈을 보러 갔을 때도 마찬가지였지.

늘 풍경을 등지고 앉던 너에게
자리를 바꾸자고 하면 한결같던 대답.
"나는 널 보면 돼."

우리 관계 자체가 그 자리 같았음을,
헤어지고서야 알았어.
너는 늘 나만 보는데
내 시선은 항상 밖을 향해 있었어.

나를 안 보고
언제나 멀리 시선을 두는 사람을 만나고서야 알았지.
네가 나를 바라보고 있을 때
얼마나 외로웠을지.

다시 마주 앉을 기회가 생긴다면
나는 이제 너만 바라볼 것 같은데
그럴 기회는 오지 않겠지.
아마 영원히 오지 않겠지….

도망자와 추적자

사랑하는 사람의 마음이 조금씩 식어가는 걸 느낄 때,
그래, 겁이 날 거야.

어떻게든 붙잡고 싶어서 너도 모르게 집착하게 되겠지.

그런데 네가 그럴수록 그 사람은
더 달아나고 싶어져.
두 사람은 단숨에 도망자와 추적자가 돼.

기억해야 할 게 있어.
도망치니까 추적하는 게 아니라,
추적하니까 도망치기 시작하는 거야.

마음이 좀 식었을 뿐 떠날 생각이 없던 사람도,
상대가 쫓아오기 시작하면 도망치고 싶어져.

지금 너무나 두려워서 뭐라도 하고픈 너에게,
내가 해줄 수 있는 충고는 이것뿐이야.

그냥 기다려봐.

네가 움직일수록 그는 더 멀어질 테니까.
결국 스스로의 힘으로 돌아오지 않는다면
너는 아무것도 잡을 수 없을 테니까.

누가 더 나쁠까

나는 우리가 잘 맞는다 생각했어.

영화 취향도,
좋아하는 음식도,
여행하는 방식도
비슷하다 믿었지.

일 년을 만나고 이제야 알았어.
잘 맞는 게 아니라 네가 맞춰준 거였구나.
재미없는 영화를 참으며 봐주고,
메뉴를 고를 때마다 내 눈치부터 살폈구나.
그런데 나는 내 식대로 해석하고 오해했던 거구나….

처음엔 미안했는데 나중에 화가 났어.
나만 오해한 게 아니라 너도 날 오해했으니까.

뭐든 맞춰줘야 좋아할 거라고,
내가 보고 싶은 것만 보고,
먹고 싶은 것만 먹으려 할 거라고 생각했지.

사람들은 널 착한 남자라 하겠지만
나는 진심으로 묻고 싶어.

우리 중 누가 더 나쁜 쪽인지.

가끔 너와의 마지막 데이트를 떠올리면
마음 한쪽이 아려오곤 해.

그게 마지막인지 전혀 모르고
유난히 잘해주는 네가 고마워서
천진하게 웃고 떠들었지.

아무것도 모른 채 좋아했던 나를 떠올리면
네가 참 미워졌다가,
그때 네 마음은 또 어땠을까 생각하면
조금 덜 미워져.

잘해주지 못한 게 미안해서
마지막 이벤트를 준비한 그 마음을,
잔인하다고 말했다가,
바보 같다고 말했다가,
지금은 그냥 이해한다고 말하고 싶어.

그래, 이별이란 어차피
한 사람은 알고
한 사람은 모른 채 준비되는 것.

마지막인 걸 아는 사람이
모르는 사람보다
더 행복하다 말할 수도 없을 거야.

너도 아팠겠다, 힘들었겠다, 이렇게 생각하면서,
내 아픈 기억도 잘 덮어둘게.

나쁜 사랑을 끝낸 후

이별을 통보받는 사람들이 주로 주인공이야.

드라마에선 그래.
주인공은 대개 착하니까,
착한 사람은 상처를 주기보단 받는 역할이니까.

그래서 카메라는 상처받은 사람의 모습만 보여줘.
얼마나 울고, 어떻게 힘들어하는지.

그런데 이별을 통보하는 사람에게도 사연은 있어.
헤어질 수밖에 없는 사연과
나쁜 역할을 맡을 수밖에 없는 사연도.

분명 내가 헤어지자 말했는데
왜 이렇게 눈물이 나고,
왜 이렇게 마음이 아플까?

태어나 처음으로
먼저 이별을 통보해보고 알았어.

상처를 준 사람도 역시 아프구나,
헤어지는 일은 모두에게 힘든 일이구나.

내가 어떤 마음으로 이 시간을 견디는지
아무도 관심이 없겠지.
나는 나쁜 사람이니까.

고양이의 눈물처럼

고양이는 감기에 걸리면 눈물을 흘린대.
증상이면서 호소겠지.
아프다는 사실을 말로 전할 수 없으니
눈물로 대신할 수밖에.

연애가 끝난 뒤
갑자기 일에 매달리기,
정신없이 먹어대기,
여행을 떠나기,
때론 평소보다 더 크게 웃기마저도,
증상이면서 호소일 수 있어.

고양이의 눈물 같은 것.
차마 말로 아프다고 할 수 없어서
각자의 방식대로 아픔을 표현하는 것.

그러니까 보이는 그대로만 판단하지 말아야지.
정말 행복한가 봐,
의욕이 넘치나 봐,
더 자유로워졌나 봐….

말로 표현하지 못할수록 속은 더 아플지 몰라.
그 아픈 속을 알아주는 것만으로도
큰 위로가 될 거야.

희미해져도 괜찮아

진심이 아니었다고 생각하진 않아.

나를 자기 목숨처럼 사랑한다는 말도,
어떤 일이 있어도 함께하겠다는 약속도.

그 순간엔 분명 진심이었을 거야.
다만 진심을 지켜나갈 힘이 부족했을 뿐이겠지.

달콤한 감정이 그리워서 사랑에 빠지던 시절,
그때 쏟아낸 수많은 맹세들이 대부분 그래.

처음엔 그 사람 하나가 전부지만
시간이 지날수록 다른 것들이
침범해 들어오기 시작하지.
일이 재밌고 세상이 재밌어지면서
사랑은 점점 시들해져.

괜찮아. 어느 노래 가사처럼
살면서 잃는 것이 어디 사랑 하나뿐일까?

그리고 오랜 후에 잃었음을 깨닫고 아쉬워하는 것,
이것 또한 사랑이 지닌 매력이야.

'집에 어떻게 가지?'

우리가 헤어지던 날, 나는 이게 제일 걱정됐어.
걸을 수도 없을 만큼 많이 울 줄 알았거든.

그런데 네가 돌아서서 저만치 가는 걸 바라보는데
갑자기 배가 고파오더라.
정말 참기 힘든 허기가 밀려와서
근처 식당에 들어가 밥 한 공기를 말끔하게 비웠지.

식당을 나오면서 나도 모르게 웃었어.
울기엔 너무 늦었구나 싶어서.

물론 그 뒤에도 이따금 힘든 날이 찾아왔지만,
고통이 해일처럼 밀려오다가도
그날의 허기를 떠올리면 파도가 금세 잔잔해졌어.

그래, 사람이 그래서 다 살아지는 거야.

먹고사는 일에 치이는 것이 힘들기는 하지만,
덕분에 가끔 고통을 잊을 수 있어서 참 다행이지.

지난 일 년을 나는 그렇게 살았어.
너도 아마 그리 다르지 않았겠지.

정말 잊고 싶다면

이별에 관해 말하는 것을 두려워하지 마.
상처받은 마음에 대해 털어놓는 것도
부끄러워하지 말기를.
말을 하면서 생각을 정리할 수 있고,
말을 하면서 이별을 인정하게 될 테니까.

일어나버린 일,
생겨나버린 감정,
상처받은 마음은
절대로 그냥 사라지지 않는대.

어디엔가 고여 있다가
어느 순간 존재감을 드러낸대.
그리고 그땐 생각지도 못한 크기로
더 자라 있기 일쑤래.

그러니 말로 털어내야 해.
이별에 대해 함구하는 것이 예의라는 생각을 버리고,
욕하고 원망하면서,
후회하면서 나아가야 해.

나는 진심으로 바라고 있어.
네가 고통을 가두는 침묵보다
슬픔을 털어놓는 말을 택하기를.

그래서 좀 더 자유로워지기를.

나도 그런 사랑을 한번 해보고 싶었어.

내 존재를 다 바치는 사랑,
목숨을 내어줄 수 있는 사랑,
평생을 못 잊는 사랑….

할 수 있을 거라 믿기도 했지.

그런데 꽤 어렵더라.
작은 일에도 쉽게 실망하고,
사소한 일에도 금세 마음이 식고,
조금 더 멋져 보이는 사람을 만나면
비교하며 힐끔거리곤 했으니까.

소설이나 영화에 나오는 사랑까지 가 닿을 수가 없었어.
어떻게 갈 수 있는지 방법도 몰랐어.

또 한 번의 시시한 연애를 끝내고 돌아가는 길….
외로움이 뼛속까지 침투해 들어와.

단순히 이별해서가 아닌 것 같아.
도무지 내가 닿을 수 없는 감정의 깊이가 있다는 게,
세상에 그런 사랑이 존재한다는 무성한 소문들이,
나를 더 춥고 외롭게 만드는 것 같아.

내게 사랑은 스포츠 경기 같은 거였어.

'절대 상처받지 않겠어.'
이런 마음으로 시작했거든.

조금이라도 상대의 마음이 멀어진 게 느껴지면
내가 더 먼저, 재빨리 도망쳤어.
절대 먼저 연락하지 않았고,
그의 무심함에 대해 '왜?'라고 묻지 않았지.

덕분에 이별을 통보받은 적은 없어.
늘 내가 먼저 이별을 통보하는 사람이었지.

그래서 나는 뭘 얻었을까?
지금 내게 남은 건 더 예민해지고 지친 마음뿐인 것 같아.

차라리 상처받는 게 나았을까?
아프고 힘들었다면
성숙해질 기회라도 얻을 수 있지 않았을까?

너무 늦게 알아버린 것 같아.
상처받는 건 부끄러운 게 아니란 걸.
상처받지 못하는 게 정말 부끄러운 거란 걸.

잡았으면
정말 달라졌을까

그만 헤어지자는 말에
'그래 보내주자' 생각했어.

마음은 아팠지만
내가 붙잡는다고 달라질까 싶었으니까.

그런데 일 년이 지나
우연히 만난 그가 내게 물은 말,
"너는 그때 왜 한 번을 잡지 않았니?"

"잡았으면 달라졌을까?"
"잡았으면 달라졌을지도⋯."

아무리 머리로 결정했다 해도
마지막은 마음이 정하는 것이니까,
잡았다면 흔들렸을 거라고,
한 번을 붙잡지 않는 내가
오래오래 서운했다고 했어.

존중이라 생각했는데 냉정으로 느껴졌구나.
그게 더 큰 사랑인 줄 알았는데
부족한 사랑으로 기억되겠구나.

참 어려워,
잘 헤어지는 법은.
좋은 사람으로 기억되는 건
아마 더 어렵겠지.

영화관에서 이별을 감지한 날

슬픈 예감이 들기 시작했어.

영화가 시작된 지 한참 지났는데
우리 사이에 그대로 놓여 있는 팔걸이를 보면서.
예전엔 자리에 앉기 무섭게
손부터 꼭 잡았으니까.

마치 우리 사이에 내려진 차단기 같았어.
'더 이상 넘어오지 마시오' 말하는 것 같았어.

내가 슬쩍 올린다면 너는 모른 척했겠지만,
자신이 없었어.
팔걸이를 올린 뒤 손을 잡아도 될지,
팔걸이만큼의 간격을 넘어가도 될지….

영화가 어땠는지는 기억나지도 않아.
온 신경이 우리 사이의 간격에
머물러 있었으니까.

어쩌면 오늘 내가 본 것은 우리 연애의 예고편.
결말이 꽤 슬픈 영화일 것 같아.

결국 나도 겪게 된 일

"너도 언젠간 내가 겪은 일을 겪게 될 거야.
나처럼 울고, 나처럼 아파하게 될 거야."
헤어질 때 그가 했던 말.

그땐 그럴 리가 없다고 생각했어.
내 마음에 이제 네가 없는데,
어떻게 너 때문에 아프겠냐고 생각했으니까.

그런데 정말 그가 말한 일들이 나를 찾아왔어.
지금 나는
그때 흘리지 못한 눈물을 흘리고,
그때 겪지 못한 아픔을 겪고 있어.
그 때문이 아니야.
다른 사람을 사랑하게 됐고,
그 사람에게 버림받았을 뿐.

그런데 아파하는 동안 자꾸 그가 생각나.
'이런 마음이었구나, 이런 고통이었구나.'

그래 맞아, 다 겪게 돼.
누군가를 아프게 한 대가는
다른 사람을 통해서라도 결국 공평하게 돌아와.

서툴고 어리석은 마음이 그리워

이별 뒤에 술 마시고 전화하는 사람을 싫어했어.
감정 처리가 깔끔하지 못한 사람은
딱 질색이라고 생각했어.

그런데 헤어진 뒤
소식 한번 없는 시간을 보내며
생각이 달라졌어.

그래, 비록 말끔한 정신은 아니지만,
횡설수설이나
그마저도 못하는 침묵이라도
괜찮을 것 같아.
그런 어리석은 모습들이
그리 나쁘지 않을 것 같아.

흔들리고,
주저하고,
후회하는 마음을 내보이는 것이
실은 미안하단 말이나 다름없으니까.

마음은 서툴고 어리석을수록
귀하게 느껴진다는 걸,
나는 이제야 깨달았어.

모두 지난 사람에게 배운 것

어쩌면 이렇게 배려를 잘하냐고
태어날 때부터 사랑을 아는 사람이었냐고,
그가 감동받은 얼굴로 물어와.

사실은 나도 배웠어.
내게 가르쳐준 사람이 있었거든.
좋아하는 마음을 어떻게 표현해야 하는지,
상대를 진심으로 위하는 말과 행동이 어떤 것인지…,
좋은 것들은 모두 그 사람에게 배웠지.

많은 걸 배웠지만 은혜를 갚을 수는 없어.
그래, 사랑을 가르쳐준 사람에게
고스란히 그 사랑을 돌려줄 수 있는 건
큰 행운일 거야.

그저 한 가지 약속하는 것은
내 마음에 늘 고마운 사람으로
기억하겠다는 것.

그리고 혹시 나도 그렇게
받은 것 없이 주기만 하는 사랑을 하게 되더라도
아까워하지 않겠다는 것.

그 사람이 내게 그랬듯이 말이야.

부끄럽지만 이게 진심

지나간 사랑을 잊지 못해서
새로운 사랑이 안 오는 줄 알았어.

그런데 알고 보니,
새로운 사랑이 안 와서
옛사랑을 버리지 못한 거였어.

이것마저 버리면 내 마음이 너무 허전할까 봐,
한 사람은 담아두어야
내 기억이 외롭지 않을 것 같아서.

그 사람 때문에
다른 사람이 안 보인 게 아니야.
대단한 사랑이라서
잊지 못한 것도 아니었어.
그저 그 사람보다 더 나은 사람을
만나지 못한 것뿐이지.

그러니까 모든 마음에는
'아직은'이란 단서를 붙여야 해.

괜한 감정에 젖어
지나간 사랑을 추억할 때조차 잊지 말아야지.
그저 '아직'일 뿐이라고.

나를 먼저 보호할 것

"너 자신을 먼저 보호해."

우리 함께 보았던 영화 〈밀리언달러 베이비〉에서
이 대사가 나왔지.
가장 중요한 원칙이라며
한시도 잊지 말라던 말.

연애에도 같은 원칙이 적용된다는 걸 왜 몰랐을까?

잘하고 싶어서, 사랑받고 싶어서,
때로는 너무 참고,
지나치게 희생하고,
가끔은 내 마음을 학대하기도 했지.

아프다 생각하면서도 멈추지 못했어.
아마 그래서 우리 사랑은
이렇게 무참히 쓰러지고 말았나 봐.

앞으론 잊지 않을 거야.
그 어떤 순간에도 나부터 보호해야 한다는 걸.

그래야 더 열심히 사랑할 수 있다는 것을.

미안해요

80년을 함께 살아온 부부가 이런 말을 했대.

행복한 결혼 생활의 비결은
바로 '미안해요'라는 한마디였다고.

생각해보니 나도 늘 원했어.
미안하다는 너의 말을.
그런데 막상 들으면 그걸 소화하지 못했어.

정말 미안해하는 게 맞느냐고 묻고,
미안한 걸 아는 사람이 왜 그랬냐고 또 채근했지.

'미안해요'를 제때 말하지 못해서
멀어지는 사람도 있지만,
'미안해요'를 제대로 받아주지 못해서
헤어지는 사람도 많을 것 같아.

'미안해요'가 의미를 가지려면
듣는 사람의 마음도 참 중요하다는 걸
뒤늦게 깨달으며 전하고 싶어.
진짜 미안하다고….

생각 말고 연애를

"너는 왜 연애는 안 하고 생각만 하니?"

요즘 남자친구 때문에 고민이 많아서,
그래서 자꾸 푸념하는 내게
어느 날 연애박사 이모가 슬쩍 해주신 말씀.

깨달음이 섬광처럼 찾아왔어.
맞아, 생각이 너무 많았지.

그의 말과 행동 하나하나를 분석하느라 밤을 새웠고,
안 해도 되는 고민을 끌어왔어.
그렇게 생각이 너무 많아서 정작 연애할 시간이 없었어.

좋으면 웃고,
잘못하면 화내고,
반성하면 용서하고,
토라지면 달래주면서,
어쨌든 자꾸 만나서 연애를 해야겠어.

살아보니까 사랑할 수 있는 시간이
생각보다 참 짧더라는 이모의 마지막 조언….

지금 얼른, 만나러 가야겠어.

야구는 그래.
아무리 만루 홈런을 쳐서 역전의 주인공이 된다 해도,
다음 타자가 등장하는 순간 모든 관중의 관심은
다음 타자에게로 넘어가고 말아.

연애도 그래.
아무리 영화 같은 사랑을 하고 멋진 시간을 함께했다 해도,
다음 사람이 나타나면 마음은 온통
새 사람을 향하고 말지.

지금 네 모습은, 마치
홈런을 쳤으니까 계속 나만 봐달라고,
관중석을 기웃대는 야구선수 같아.

이별을 후회해서가 아닐 거야.
그저 사랑받았던 달콤한 기억이 그리워서겠지.

내가 한때 너를 목숨처럼 사랑했다고 해서,
나를 떠나버린 너를
언제까지나 그리워할 거라고 생각하진 마.
나는 다시 사랑을 시작했고,
내 마음은 옮겨 갔으니까.

이제 네 순서는 끝났으니까.

함께 찾아가기로 해

길을 잘 아는 탓에 오히려 약속 시간에 늦을 때가 있어.

이 길로만 가야 한다고 고집하기 때문이야.

경험에 붙잡혀 지금 상황을 못 보는 일,
우리 사이에도 여러 번 있었지.

경험 없이 서툰 마음만이
관계를 망친다고 생각했는데,
경험이 만든 선입견과 편견이
실은 더 무서운 것이었어.

돌아보니 사랑은 기술이 아닌 것 같아.

'잘 안다', '잘 한다'는 말은 별 의미가 없지.

우리가 전에 알았던 것들을 다 지우고
지금 함께 있는 순간에 집중할 때
가장 좋은 길을 찾게 될 거야.

내가 아는 대로만 고집하는 게 아니라
함께 새로운 길을 찾아가는 것…,
우리 이제 그렇게 사랑하기로 해.

□

진심은, 반드시 가 닿고야 마는 것

그날 나는 마당에서 네가 두고 간 선물을 발견했어.
직접 만든 카드와 하얀 앙고라 털장갑 한 켤레.
'메리 크리스마스'라고 적혀 있었지.
나는 너무 부끄러웠어. 열여섯 살이었으니까.
누가 볼까 두려워 카드를 불에 태우고
털장갑은 놀러 온 사촌동생에게 줘버렸지.
그리고 버스 정류장에 서 있던 너를 모른 척했어.

1반과 2반뿐인 학교를 6년이나 함께 다녔지만
우리는 한 번도 제대로 된 대화를 나눈 적이 없었지.
나는 너에게 간단한 인사조차 건넨 적이 없어.
그렇게 너는 내게, 희미한 얼굴로 남은 아이였지.

그리고 꽤 오랜 시간이 흘렀어.
정말 어마어마한 시간이 흘렀지.

어느 겨울날, 나는 친구에게 갑자기 그때 이야길 했어.
열여섯 살 크리스마스 무렵에
한 남자아이가 몰래 선물을 놓고 갔다고,
카드는 태워버리고 앙고라 털장갑은 동생에게 줘버렸다고….

그런데 그 순간 말야,
나는 생각지도 못하게 엉엉 울어버렸어.
전혀 예상하지 못한 일이었는데 바로 그 순간 너의 진심이
당도했기 때문이야.
그날 네가 가졌을 그 진심이 너무 늦게 나한테 도착한 거야.
참 바보 같지만 나는 그제야 깨달았지.
네가 어떤 마음으로 카드를 만들고, 장갑을 사고, 선물을
놓고 갔을지, 누군가를 좋아하는 마음이 어떤 것인지,
그리고 그것을 상대가 모른 척할 때 얼마나 슬픈지도….
실은 나 역시 누군가에게 같은 상처를 받았기 때문이었어.

나는 이제 거리에서 너를 봐도 알아볼 수 없지만
버스 정류장에 멀찍이 서 있던 너를 희미하게 떠올릴 때면
마음 한쪽에 알전구 하나가 탈칵 켜지는 느낌이야.

참 다행이야.
누군가를 좋아하는 마음이 결국은,
끝끝내 가 닿게 된다는 건 말야.
그렇게 쉽게 사라지지 않는 것들에 관해
이야기할 수 있어서 참 다행이야.
많이 늦었지만 미안한 내 마음을 이렇게나마 전해.
어쩌면 반성문을 좀 더 써야 할지도 모르지만
그래도 이제 조금 덜 부끄러워하면서
사랑 이야기를 할 수 있을 것 같아.

어른의 이별

1판 1쇄 펴낸날 2017년 9월 22일

지은이 | 박동숙

펴낸이 | 박경란
펴낸곳 | 심플라이프
등 록 | 제2011-000219호(2011년 8월 8일)
전 화 | 031-941-3887
팩 스 | 031-941-3667
이메일 | simplebooks@daum.net
블로그 | http://simplebooks.blog.me

ⓒ 박동숙, 2017
ISBN 979-11-86757-20-8 03810